LA STOMACIADE.

IMPRIMERIE DE DONDEY-DUPRÉ,

Rue St.-Louis, n°. 46, au Marais.

LA STOMACIADE,

POÈME HÉROÏ-COMIQUE

EN QUATRE CHANTS;

Par le Professeur DANZEL,

De la Société d'Émulation d'Abbeville et de l'Union antipiratique de l'Allemagne ;

DÉDIÉ AUX QUATRE RÈGNES DE LA NATURE.

Terre, eau, feux, air, plein, peu, mouvement, inertie,
Métaux, plante, animal : tout aide à ma chimie.

CHANT Ier. v. 139—140.

A PARIS,

Chez les Libraires qui tiennent des Nouveautés.

1821.

ÉPITRE DÉDICATOIRE

AUX RÈGNES DE LA NATURE.

J E vous mets en quatuor. Ce n'est pas pour avoir de l'esprit comme quatre; mais parce que je vois à la manière d'un immortel (1). Depuis que la langue philomélienne est universelle, la création entière a dû devenir une somme d'harmonie lumineuse pour l'ensemble de ce qui sent, se meut et respire. Rendons en grâces à l'éternelle sagesse.

Avril 1821.

DANZEL, Professeur.

(1) Buffon, Histoire Naturelle de l'homme.

PRÉFACE,

Il n'y a rien en face du soleil sans son jour et son ombre. Mon poème sera jugé : voilà le vrai. On en dira trop de bien, en ne voyant que son jour. On en raisonnera trop mal à l'aspect seul de son ombre. On ne fera bien qu'en combinant bien les deux côtés. Je saurai gré au Public satisfait, en me taisant la critique. Plus de quatorze lustres me vaudront peut-être un peu d'indulgence (1).

DANZEL, Professeur.

(1) Voyez Chant troisième.

LA STOMACIADE,

POÈME HÉROÏ-COMIQUE.

CHANT PREMIER.

Je chante ce héros, premier des potentats,
L'invisible immortel, vrai soutien des états,
Qui sage en ses travaux, actif, sans qu'on l'entende,
Transforme l'univers, le sert et lui commande;
Qui, mâle et plein d'un feu constant dans son ardeur,
Engendre sans moitié, la santé .... le bonheur.

Prête moi ta palette, ô divine Sagesse!
Je veux peindre ton fils: mon sujet t'intéresse.

Fais que des mots pompeux je rejette l'excès;
Que je sois entendu des grands et des sujets;
Qu'en un style nourri, coulant, fleuri, rapide,
J'anime, attache, plaise, instruise, éclaire, et guide.

Et toi, cher STOVERUS (1), quelquefois au dîner,
Polis par tes conseils l'ouvrage et l'ouvrier.

---

(1) Mʳ. de Stôver, Conseiller de légation, Chevalier de l'ordre Vasa,
qui me mit un jour sur cette idée, en proposant une santé à l'estomac.

Un Dieu dit que tout soit ! .... Estomac prit naissance,
Et tout corps désormais devint sa résidence.

Animal, métaux, plante, astres, jusqu'au repos,
Dans la création, tout s'émut à ces mots ;
Tout au prince estomac fut rendre un pur hommage,
Comme exemple des rois, et modèle du sage.

L'astre brillant du jour devint plus éclatant ;
L'azur de son palais fut plus étincelant ;
L'œuvre de l'Éternel en parut plus sublime,
Et tout à cet aspect se colore et s'anime.

Tous les mondes unis tressaillaient de gaîté :
Estomac bien servi répandait la santé ;
Ses ministres zélés, sans cesse en harmonie,
Secondaient jour et nuit sa savante chimie.

Le soleil le premier apparaît à sa cour,
En dilatant les airs, pour donner plus de jour.

Prince estomac, dit-il, je partage ta gloire :
Le tems, par ton travail, prend un corps dans l'histoire.
L'Éternel m'ordonna d'allumer tes foyers :
De ce maître parfait, soyons les ouvriers.

Tout est fixe, tu sais, dans toute la nature ;
Tout est manière, ton, tout est forme et mesure.
Qui ne s'arrête pas, saurait-il gouverner ?
Qui dit ordre dit borne : un Dieu dût se borner !
Mouvoir est à la fois ajouter et soustraire :
Tel en use l'auteur des cieux et de la terre.

C'est ainsi que partout les mêmes quantités
Étalent constamment tant de variétés!

Tous mes feux sont à toi, réservant ma lumière
A tout ce qui se meut, comme à ton ministère.

Mais que de choses, prince, il me faut éclairer,
Que je blâme tout bas, que je dois endurer!
Et que d'événemens dès même ta naissance,
Ont troublé tes états, tes travaux, ta puissance!
Plante, animal, métaux, du vrai suivent les pas:
L'être qui s'en dit roi, que d'erreurs n'a-t-il pas!

Du mal à son aspect commença l'habitude;
On dirait qu'aujourd'hui c'est son unique étude.
Te rendre le tribut est son goût, son plaisir;
Mais il se nuit, dessert en voulant te servir.
De ce qui le sustente il se fait de la peine;
Dans ses propres écarts il se plaît et t'entraîne.
Empressé de jouir, violent dans ses choix,
En fuyant le mal-aise il tombe sous ses lois.
Par l'hommage d'extraits pénétrans, irascibles,
Il trouble tes travaux, ou les rend impossibles.
Croyant se rendre fort, sans cesse il s'affaiblit.
Qu'on lui dise, il s'emporte : il a le plus d'esprit.
Se borner est dans l'ordre, et jamais dans sa tête :
Ce n'est qu'à Sainte-Hélène où cet être s'arrête.
Même ces jours derniers, d'après divers journaux,
On crut ce roc à l'ancre assez près de Bordeaux.

Qui pourrait s'étonner d'aventures pareilles,

Quand Paris a voulu d'Égypte les merveilles?

Mais, ce n'est rien encore: l'homme n'écrit-il pas

Qu'une comète un jour m'emporta des éclats,

Dont il fit à son gré le globe de la terre?

Je suis encore entier: c'est donc une chimère.

    Estomac, répartit: dispensateur du jour,

Méritons, de concert, de Dieu le tendre amour.

Soumettant ou soumis, plus on a de puissance,

Plus on se trouve maître et dans la dépendance...

Tout pèse, meut, s'attire, et veut se concentrer.

L'équilibre est le bien : sachons donc l'opérer.

De toutes les valeurs, le tems est la première :

Il est dans mes creusets, comme dans ta lumière.

C'est le contemporain du Dieu des élémens,

Et le fleuve éternel de tous les mouvemens.

Généreux, il s'oublie, et n'oublie personne.

Dieu du jour, nous régnons: qui règne bien, pardonne.

L'homme est le meilleur drap, le pis qu'il fût jamais,

Pour le meilleur habit, comme le plus mauvais.

Fait pour être guidé, l'exemple est son système :

Il devient ce que veut, ce qu'est son maître même.

Que l'homme ait notre amour, il aura moins de torts :

Qui sent qu'il est aimé, se soumet sans efforts.

Le soleil satisfait, poursuivant sa carrière,

Fit place à l'astre éteint que son absence éclaire.

Sage estomac, salut; dit la lune à son tour;

Souffre que jusqu'à toi perce mon faible jour.

Je suis, donc je te sers, et j'y mets mon possible,

Dans les ténèbres même, où tout semble paisible.

Où tout est nécessaire, il n'est ni moins ni plus:

Tout coule dans le tout, tout est flux et reflux.

Si la nuit refusait de déployer son voile,

On ne me verrait plus, même pas une étoile;

Et le soleil, aux yeux, devenu permanent,

N'aurait plus ni lever, ni midi, ni couchant.

Tu comprends mes effets sur les eaux, sur la terre.

Pour le prince estomac serait-il un mystère?

Mon lot est d'attirer, de peser sur les mers,

Par une seule cause, ainsi que l'univers.

Voilà des vérités, dit, Estomac, de suite:

Faire au mieux ce qu'on doit, c'est là le vrai mérite.

Je reconnais aussi vos pouvoirs si divers,

Et sur tous mes travaux, et sur mes ouvriers.

Sans cesse dévoués à notre divin maître,

Visons à l'imiter, lui plaire et le connaître.

Sur ce, l'esprit content d'avoir remplit son but;

La lune, quoique femme, en s'inclinant se tut.

Mais d'étoiles, soudain, se présente une foule;

Vers Estomac chacune et s'empresse et se roule;

L'air retentit de voix assourdissant les mots,

C'était comme autrefois la cour du roi Pétaud.

À moi, moi! faisait-on, à parler la première;
D'autres, non, c'est à moi! retirez-vous derrière.
Et chacune à la fois voulait avoir son tour :
Des milliers, de leurs cris, épouvantaient la cour.

Mais vint un astronome avec une comète;
Par la queue il la prend, la retourne et la jette
En s'écriant: silence!... et le silence fut.
Ce ramas tout froissé, tout enroué s'enfut.

Que devient la comète? Aussitôt elle vole
Vers le soleil encor jouer son ancien rôle,
En casser quelques brins pour un nouveau cahos...
Halte! dit un cuntur... comète est en repos.

Estomac, doucement, dit sur ce vain murmure:
La paix suit les combats, et c'est dans la nature.
Qui sait bien l'observer, toujours y reconnaît
Deux causes militant, et pour un même effet.
L'aimable et douce paix et la sanglante guerre,
L'une de l'autre sont, et la fille et la mère.
Le tems, de toutes deux est l'époux et l'auteur,
L'ame, le sceau, le terme et le législateur.

Terre, eau, feux, air, plein, peu, mouvement, inertie,
Métaux, plante, animal: tout aide à ma chimie,
Même le bruit que fait toute réunion;
Si l'on n'y parlait haut, que serait Albion?

Astres, à vous mouvoir mettez votre science:
Vous me servirez mieux par un profond silence.

Vous devez tous briller, être sans cesse amis :

Votre néant est là, si vous n'êtes unis.

Imitez ces époux que la vertu commande,

Et qui roulant leur chaîne en font une guirlande.

En arrêtant le faible à tems dans son erreur,

L'autorité revient pour rendre le bonheur.

D'avoir tant différé se faisant des reproches,

La terre fait d'un bond sonner toutes les cloches.

Balançant en deux sens elle écroule ses tours ;

Des volcans et des eaux elle encombre le cours,

Dans son milieu se coupe, à ses pôles se ronge.

Tremblante que le tems dans l'oubli ne la plonge,

La bossue s'avance, et dit : grand potentat,

Que n'ai-je mille voix pour louer Estomac !

Quand on verse le bien, il est juste qu'on règne ;

Je suis à ton service, et pour toi je me saigne.

Toi seul de mon produit sais faire un sage emploi :

Je te l'offre en tribut, tu me le rends en roi.

En marchant sur les pas de qui tout crée, ordonne,

Tu changes en présens tous les biens qu'on te donne.

Je voudrais faire mieux, mais c'est tout mon pouvoir :

Au-delà, tu le sais, il n'est pas un devoir.

Que ne puis-je obtenir une vertu plus ferme

De tout ce que mon être, et supporte, et renferme !

Suffit, dit Estomac, sur votre axe à jamais,

Roulez le jour et l'an, vos trésors, vos bienfaits.

Imitez un auteur, sage par excellence,

Qui s'imposa des lois, et les suit par essence;

Il donne à tout sa borne, et par son équité,

Il unit le devoir avec la liberté.

Mais, ne surprend-il pas que, si précis à l'heure,

L'homme, au soutien des rois et qui chez lui demeure,

Quoiqu'assez grand parleur, n'ait encore rien dit?

Fâché de sa fortune, et vain de son esprit,

Prétendrait-il que tout aille lui rendre hommage?...

Non; il attend la faim : c'est alors qu'il est sage.

Jusque-là, qu'Estomac fasse tout ce qu'il veut;

Le plaisir est son Dieu; d'ailleurs rien ne l'émeut...

Doucement; le voilà : l'appétit le ramène...

Pardon, sire, dit-il; j'etais chez Melpomène.

Au bon prince Estomac, je sais ce que je dois.

Formant son ministère, et l'égide des lois,

En faisant tout pour lui, je fais tout pour moi-même,

Sire, nous vivrons bien : je m'estime et je t'aime.

Bon, reprend Estomac, vous voilà donc enfin!

Vous allez assez loiu oublier le voisin.

A ce trait, il est vrai, je reconnais bien l'homme :

Ce petit univers croit le reste un atome.

C'est ainsi que tout prince, en quittant son chez-soi,

Semble dire à l'état: tout peut aller sans moi,

Ignorant que trop près il peut prêter à rire.

Un couple peut s'aimer, mais rarement s'admire.

Après l'illusion, le beau n'est presque rien :
On ne s'étonne plus de ce qu'on connaît bien.
Le divin Créateur a toujours nos hommages :
Il se montre partout, mais c'est dans ses ouvrages.
Je tends à l'imiter ; je veux le bien de tous :
La vertu sous le voile a des attraits si doux !
Notre maître, c'est Dieu, sous le nom de nature ;
Qu'on célèbre partout le jour qu'il nous assure ;
Mais qu'on sache qu'il faut que la saine raison,
Pèse au plus juste poids la contribution.

Le conseil, par son chef, en réponse, dit : sire,
Que d'accord avec toi nous soutenions l'empire !
Sous un prince né grand, servir est glorieux.
Pour un peuple d'honneur, ses sermens sont ses vœux.
A peine un dais d'azur te suffit et te couvre :
Partout sont tes états, et ton trône et ton Louvre.
Nous allons t'annoncer, aussi bien que les lois
Si dignes du Très-Haut, comme étant de son choix.

Le prince répartit : vous saurez tous, j'espère,
Que la simplicité, des vertus est la mère.
Tout bon sujet travaille, et fuit un vain fracas :
Un lampion l'aveugle, et ne l'attache pas.
Point de célébrité, sinon au sanctuaire
D'un Dieu dont les bontés dévancent la prière,
D'un Dieu qui de nos cœurs n'attend que des vertus,
D'un Dieu doux, bienfaisant jusque dans ses refus.

2

Comme soutien du faible, et sachant le connaître,
Vous le verrez souvent craindre et vouloir un maître.
Tel on voit l'arbriseau qu'offense un voyageur,
Fléchir, se relever, demandant un tuteur.

Songez qu'un vrai régent, ferme autant que sensible,
Avec le moins qu'il peut, fait le plus que possible.
Un sujet, quel qu'il soit, riche, pauvre ou savant,
S'il sait son prince heureux, a le cœur si content!
Assurez de ma joie un prudent tributaire,
Qui ne m'offre ni trop, ni trop peu, se modère.
Sous LOUIS, le Gaulois entouré d'étrangers,
A su changer en fleurs les anneaux de ses fers.
Qui travaille aime Dieu, n'a le tems de se plaindre:
L'ordre sait faire assez, chez qui sait se restreindre.

Si de moi l'on espère obtenir la santé,
Qu'on sache l'appeler par la sobriété.
Pour qui sait tout peser, il n'est rien de contraire;
Tout est utile et bon, tout devient salutaire.
Le plaisir près des lois, l'Éternel dit à tous:
L'excès seul est poison: la nature est pour vous.

Conseils, soyez partout; qu'y règne la justice.
Employons tout si bien, que tout nous soit propice.
En ministres actifs, soyez partout mes yeux;
Qu'on soit sobre partout; partout qu'on soit heureux.

Quiconque est juste est fort, jamais rien ne le trouble:
Il est probe, il est franc: le faible seul est double.

Le faible brille un tems, puis tout est à vau-l'eau.

Le fort naît, vit, meurt grand, et reste à Waterloo.

Rien ne saurait abattre une ame vraiment grande ;

Elle attend les revers, les fixe et leur commande.

Ministres, remplissez ma courte instruction.

Que voit-on?... Une Dame en députation,

Qui vient.. va... puis retourne, ayant sur sa toilette,

Laissé, sans y penser, certaine cassolette....

Souffrez, prince Estomac, dit-elle en s'inclinant,

Que je vous fasse aussi mon humble compliment,

Au nom d'un sexe doux, mis au rang des atômes,

Si l'on ne le comprend sous l'espèce des hommes...

Pardonnez, dit le prince, à peu de chose près,

Tous deux également servez mes procédés.

Votre sexe s'élève, alors qu'il s'humilie :

Rien ne parle pour lui mieux que sa modestie.

L'amour de mes sujets me les rend tous égaux :

Où tout est à sa place, il n'est point de rivaux.

Autant que vos époux, vous m'êtes nécessaires :

Je n'ai que des amis entre mes tributaires.

Rejoignez mon conseil ; il peut vous appeler,

Et prenez de lui l'art d'agir plus que parler ;

Celui de vivre en paix, en bonne conscience :

Nous sommes tous compris dans la Sainte Alliance.

De même prouvez-lui, jusqu'aux plus grands festins,

Que *Dalila* n'est plus, comme les Philistins.

La dame à peine part, qu'un singe lui succède,
En députation du peuple quadrupède.

Sire, dit Frétillot, accueille mes respects,
Aux noms d'êtres nombreux, aussi de tes sujets:
Quoique réputés sots chez les gens de science,
Nous n'en sentons pas moins ta douce bienfaisance.
On dit que nous singeons! l'homme est-il créateur?
Comme nous il est nul, s'il n'est imitateur.
Nous savons tous qu'au pis, le meilleur se préfère;
Si ce n'est là penser, quoi donc nous le suggère?
Prince Estomac, dis-le, t'avons-nous offensé? —
Jamais. — Que fait de plus l'homme le plus sensé?
Aussi jouissons-nous d'une santé robuste,
Encor que notre part soit souvent un peu juste.
L'homme qui se croit tout, peut-il en dire autant?
Il nous voit si petits! à nos yeux est-il grand?
Tout pour lui, comme à nous, se perd par la distance,
Estomac est son prince, chez nous c'est sa puissance.
Exceller dans son art, prouve toujours l'esprit :
Le premier de sa classe est-il jamais petit?
Il est plus en effet que le second dans Rome,
Et notre Adam, peut-être, eut respecté la Pomme.
Tel qu'on vit un midi balayer le palais,
Peut un jour de *Gerbier* égaler les succès.
Le chêne qui de loin invite à son ombrage,
Doit au gland délaissé son superbe feuillage.

Ah! ne vous fâchez pas, dit le prince Estomac;

Vous observez la loi, suivez toujours ses pas.

En santé jusqu'ici, que tout en nous s'applique

A n'emprunter jamais rien du parégorique.

Aimons le médecin; mais ses doctes secours...

Je suis content de vous : retenez ce discours.

Vous êtes mes sujets aussi bien que tout autre:

Restez donc mes amis, comme je suis le vôtre.

Estomac finissant, survint ce fier oiseau,

Qui veut dominer l'air, la terre et presque l'eau.

C'était l'aigle, s'entend, qui du haut des montagnes,

Daigne pour Estomac planer dans les campagnes.

Salut, aux noms des miens, dit-il, régnons tous deux.

Halte! fait Estomac; que deviennent tes yeux?

N'as-tu pas encor vu dans l'air qui t'environne,

L'être inventeur d'un art qui t'enlève le trône?

Je t'indique son nom, si tu veux, en ami :

Écris le mot Daniel, et mets z au lieu d'i.

Tu peux de l'instrument, voir, s'il t'en prend l'envie,

En Albion les traits dans l'Encyclopédie.

C'est un fait averé, même très-répandu;

On le publie ainsi : n'as-tu pas entendu?

  « J'oserai l'annoncer à tout ce qui respire :

» Les airs me sont soumis; l'aigle n'a plus d'empire.

» Le premier dans les airs cinglant en liberté;

» Je m'élève au-dessus de l'incrédulité.

» Sans que dans mes travaux aucun ne me seconde,

» J'ai voulu.... j'ai doublé la surface du monde ».

Sire, que je te plains! reprend l'aîlé seigneur :

Dans les champs de l'Éther, ah! le froid digesteur!

Et de quoi donc alors voudrait-on se repaître?

Comment ministre à jeûn servira-t-il son maître?

Comment? interrompit vivement Estomac;

Si l'on va dans les airs, on n'y restera pas.

La lune est un beau plat; il peut donner envie

A qui d'un coup de dent broye la Moscovie.

Ne nous hâtons pas trop dans nos vains jugemens :

Un Colomb fut blâmé; mais ce n'est plus le tems :

On protége les arts sous leur costume mince;

On honore son cœur, son pays et son prince. (1)

Bien, repartit l'oiseau, je reviens à mon but.

Je répéterai donc : prince Estomac, salut.

Permets que j'ose aussi, sans troubler ton ouvrage,

Te présenter mes vœux, ainsi que mon hommage.

Je tue tes amis; mais cela ne fait rien;

C'est par amour pour toi, pour nous faire du bien.

Mais, reprit Estomac, est-ce juste ou mal faire?

Le point est délicat : laissons cette matière.

Dès que tout fut fixé, l'ordre s'est répandu.

Où l'équilibre est stable, il n'est rien de perdu.

---

(1) Marandeus, pensez ainsi!

Aigle, fidèle à l'ordre, emploie à ton systême,

Ta force, ta santé, tes yeux, ton loisir même.

Tout étant permanence en sa mobilité,

Chaque espèce jouit de l'immortalité.

Si Borée paraît, la cigogne s'envole.

Son nid, de nous revoir, n'est-il pas la parole?

Au revoir donc, dit l'aigle, et le voilà parti.

Mais quoi! d'un bruit confus, la mer a retenti,

Et les flots à l'instant apportent la baleine.

Près du prince estomac elle vient hors d'haleine.

De la part des poissons, dire en le saluant :

Sire, d'êtres sans nombre, agréez le serment.

Sans la flotte du Nord, parmi nous en enquête,

A me mettre en chemin j'eusse été plus tôt prête.

Tant que dura la guerre on eut chez nous la paix.

Aujourd'hui notre lard, devenu plus épais,

Doit mieux sauver, la nuit, l'ivrogne de la fange.

L'espoir est certitude où tout circule et change :

C'est ainsi que l'humain, des deux poles épris,

Va les chercher encor, les ayant applatis;

Et qu'un ami d'Ysis, du troisième tropique,

A présent fait jaillir un esprit métallique.

Même ne veut-on pas, le pendule à l'écart,

Fixer, par son midi, le midi du départ? (1)

---

(1) L'auteur sollicite un concours sur sa découverte d'un moyen qu'il croit propre à déterminer les longitudes en mer, sans recourir à la mécanique active.

Les folies ! dit-on.... elles couvrent nos zones,
Et l'effet seul les rend ou fautives ou bonnes.
Quand l'homme, dans le flanc, nous a lancé son dard ;
S'il en est satisfait, rions-nous de son art ?

Mais, interrompt le prince, en vous tant de science !
D'ailleurs je suis content. En bonne intelligence,
Vivons donc à jamais. Tout le peuple poisson
Pourvoit au meilleur chyle, encor qu'un peu glouton.
La déglutition allége mon ouvrage ;
Mais, allez votre train : j'accepte votre hommage....

Qui vient à petit pas ?.... Une huître.... et sa maison,
Qui dit : sire Estomac, je suis, et pour raison ;
Le fait est avéré : je n'ai pas la berlue.
Comme tout autre aussi, j'arrive et vous salue.
Si l'homme n'était pas, connaîtrais-je le mal ?
J'aime à vous bien servir, et c'est le principal.
Il me nomme une bête ! Est-ce insulte ? est-ce un titre ?
Mais qui se rend mal sain, plus que nous est une huître.
L'homme est un être vain, ressemblant au miroir,
Qui montre tout le monde, et ne saurait se voir.
Trop avide, souvent, il outre la mesure :
Il nuit à vos travaux en forçant la nature.
Une toux, la nausée.... Adieu nutrition ;
Adieu juste équilibre et constitution.

Mais le tems quelquefois amène le remède :
Un Romulus n'est plus ; un Numa lui succède.

L'un n'était que guerrier; l'autre fut vertueux.

L'un promettait beaucoup; l'autre fit des heureux.

Bon Dieu ! dit Estomac, dans quel siècle nous sommes !

Au lieu d'huîtres, bientôt, on m'offrira des hommes.

N'est-ce pas l'huître encor, qui dans un âpre accès,

Fit Empereur et Roi, l'*Antonin* des Français?

Qui près d'un lustre avant, dit partout à la ronde :

En dix-huit cent quatorze il sera paix au monde? (1)

Qui dans un calme plat fait cingler les vaisseaux?.... (2)

Bonne huître! servez-moi dans vos gluantes eaux.

Souvent un bon conseil est pris pour une insulte :

L'espoir d'être approuvé fait seul que l'on consulte.

Tout se compare ici, le couvercle et le pot :

Le sage est mal jugé, s'il n'est auprès du sot.

Petit soin veut un chef en qui l'esprit est rare.

Le génie se perd où l'on doit être ignare.

l'huître voulant tirer profit de ce discours,

Dit : sire, je fais mieux : je me tais pour toujours.

Ah! reprit Estomac, la chose est admirable !

Voilà bien, pour le coup, une huître raisonnable.

Sur ce point vint le chêne, aux noms des végétaux,

Dire au prince Estomac : heureux par tes travaux,

---

(1) Le poëte fixa l'époque de la paix, long-tems auparavant, d'après les lois de la physique.

(2) Le même s'occupe maintenant d'expériences d'une mécanique qu'il a faite pour cet objet, et qui vient aussi au secours des trains, dans les fleuves.

Nous te devons nos fleurs, nos fruits, notre feuillage;
Reçois avec nos vœux, le plus sincère hommage.
Nous avons la santé : nous savons t'obéir;
Nous allons au devoir sur les pas du plaisir.
Notre offrande pour toi ne saurait qu'être pure :
Elle est assaisonnée, et part de la nature....
Nature! ô doux objet! que ne fait-elle pas!
Tout l'Univers est mu, grâces à ses appas.
Divine, rare amante, et chaste et peu rebelle,
Plus on l'aime et lui plaît, plus elle semble belle.
Ravissante au printems, l'été la voit régner;
L'automne offre ses dons, l'hiver la fait briller.
Pour ses adorateurs, sans dégoûts, sans alarmes,
Sans cesse elle abandonne et conserve ses charmes.
Tout.... tout, jusques au tems, s'arrête pour ses traits :
Ainsi que son auteur, elle plaît à jamais.
Si l'homme, de la suivre, avait toujours la force!
Mais regarde ces mots gravés sur mon écorce :

  « Si l'on sent de la volupté,

  » Au penser de quitter la vie;

  » C'est alors, qu'à la vérité,

  » On ne laisse que perfidie ».

C'était un honnête homme, hélas! abandonné,
Qui jadis fut heureux.... quand il avait donné.
Ses restes, appelant les pleurs de la rosée,
Alimentent encor l'iris et la pensée.

Le monde, en deux partis, sur lui se partageait :
On ne le connut pas, ou le méconnaissait.
Le mérite fondé, meurt alors qu'on l'isole ;
Mais il ne finit pas : voilà ce qui console.

Assez, dit Estomac ; plus, serait s'égarer....
Chêne qui se couronne, est près de se carier.
Ce que je tiens de vous ne m'est jamais pénible.
Vous faites tout pour moi ; tout pour vous m'est possible.

D'un pas leste, au moment, se présentent les airs,
Tant en leurs privés noms, que pour les vastes mers.
Estomac, dirent-ils, te servir est utile,
Et nos devoirs pour toi n'ont rien de difficile.
Daigne donc agréer nos vœux, nos complimens ;
De nous naissent pour toi la pluie, et le beau tems,
Les présens de Cérès et du Dieu des vendanges.
Nous marchons sur tes pas ; nous aidons aux échanges.
Tu ne veux que le bien ; nous y cinglons aussi.
Que ne peut-il en être, hélas ! partout ainsi !
Se filtrant en son cours, l'eau sert mieux ta chymie.
De quel point, t'arrivant, n'est-elle pas sortie ?
De l'air, soufflant tes feux, viennent les sons divers ;
Sans l'air, tout est muet et sourd dans l'univers,
Sans l'air, plus un accord, aucune mélodie ;
L'Univers serait vide, et rien n'aurait la vie.
Sans l'air, sont à néant le chaume et les palais,
Le monarque Estomac, son trône et ses sujets.

Sans l'air, l'astre du jour serait dans les ténèbres,

Les mondes, des tombeaux sous les voiles funèbres,

Et le divin Auteur de la Création,

En rentrant dans son sein n'aurait plus d'action.

Thalès trouvait dans l'eau le principe des choses.

En panachant l'œillet elle étale les roses.

Empédocle, en Sicile, en ses nombreux écrits,

Nous a loués, dit-on, aussi bien que décrits.

Eau, terre, feu, puis moi, sommes en équilibre :

Je suis donc en santé; léger, c'est vrai, mais libre.

Le bain de mer, dit-on, est aujourd'hui de mode.

Le bain d'air est moins cher, et même plus commode;

On y gagne du moins l'éponge et l'essui-main.

Que ne ferait-on pas pour être propre et sain!

Le commerce va mal; il faut donc se restreindre :

Belle, sous le chapeau, de l'œil n'a rien à craindre;

Elle peut renvoyer et lingère et tailleur;

Le chapeau couvre tout : l'ouragan seul fait peur....

Je suis d'un grand secours, fort, et pourtant volage :

Que servirait la mer si j'étais toujours sage?

Que de vaisseaux alors aux flammes condamnés!

A qui sucre et café seraient-ils destinés?

Si la mer avec moi ne pouvait être unie,

Comment faire venir des témoins d'Italie?

Paix donc! dit Estomac, je vous trouve excellent;

Mais ne craignez-vous pas qu'on dise : il fait du vent!

Salut, dit l'air. Je vais me mettre en action ;

Ainsi l'a commandé la dilatation,

Cause de cette force à jamais attractive,

Qui s'exerçant sur tout, rend la nature active ;

Cause elle-même effet, puisqu'elle naît des feux

Que tient de son auteur l'astre brillant des cieux ;

Cause qui fait donner des sons pleins d'harmonie

A l'*airain* du *Bélus*, immobile et sans vie ;

Cause qu'on voit partout dicter le mouvement

Au moindre individu, comme à chaque élément. (1)

A l'instant un poëte, au nom de la science,

Vient dire à l'Estomac, tirant sa révérence :

Tu vois à travers moi : je suis si modéré !

C'est que j'économise, ayant tant espéré !

Je voulais à Paris publier un ouvrage ;

Mais qui peut faire un pas, si l'or n'est du voyage ?

J'ouvris donc un emprunt de trois cents francs au plus ;

Mais il me manque encor, dit *Heine*, cent écus.

Qui commerce en esprit a la bourse légère.

Tu n'es pas surchargé par moi de bonne chère.

Aussi ne te plains-tu de mes plats, ni de moi.

Tu me donnes santé : j'ai tout juste pour toi.

C'est bien, dit Estomac. On lira dans l'histoire :

Il ne fut jamais gras, s'étant nourri de gloire.

____

(1) Newton annonce l'attraction ou la gravitation, sans dire un mot du principe.

Mais il viendra, je pense, un tems plus fortunné
Où l'on concevra mieux pourquoi l'homme fut né.
A ramener ce tems, mettez votre courage.
Ce bonheur est du moins le but de mon ouvrage.
Restez franc, libre, doux en votre intégrité ;
Rendez aimable à tous l'auguste vérité.
Employez vos pinceaux, mais ne nommez personne ;
Faites rire aux travers, qu'à soi-même on pardonne.
Effleurez simplement ce qu'on craint de savoir :
Offrez comme au hasard un importun miroir.
L'aménité prévient, éclaire, plaît, corrige,
Et porte à s'avouer n'être pas un prodige.
Songez dans vos leçons que tout ne doit être or :
Socrate est immortel ; Xantipe vit encor.
N'imitez pas, d'ailleurs, cet être mal-ingambe,
Qui, pour un mauvais pied, jette la bonne jambe.
Puisque c'est votre goût de passer pour auteur,
Songez que le savoir veut encor du bonheur.
Je reçois peu de vous ; mais si je m'en contente?
Qu'il est de gens mal-sains pour avoir trop de rente !
Je sais un Salomon, qui, sur son coffre-fort,
Se plaint toute la nuit de ce que l'argent dort.
C'est pour le pauvre aussi que son esprit calcule.
Commerce ! reprenez, pour que l'or mieux circule.
    Ministres, si quelqu'un veut encor me parler,
Dites-lui que bientôt je le fais appeler.

FIN DU PREMIER CHANT.

CHANT DEUXIÈME.

Pour moi franc Estomac, que fade est un hommage!
Mieux un bon rouge bord entre croute et fromage.
L'éloge est une rose; elle a le parfum doux,
Mais, charmante au-dehors, elle pique dessous.
Princes, mes alliés, n'accueillez que l'honnête,
Et vous changez le faux ou causez sa retraite.
Aux rapports qu'on m'a faits, c'est l'homme que l'on craint;
Tout, aussi bien que moi, de lui tout seul se plaint.
Métal, plante, animal, l'air, l'eau, le feu, la terre,
Purifient mes sucs : un homme les aspère!
Cependant, à l'entendre, il sait tout, il est Roi;
Il terrasse le chêne.... et ne peut rien sur soi!
Il veut et ne veut pas; il poursuit, il s'arrête.
Faible, il est entété : que n'a-t-il de la tête!
J'attends, dis-je, de lui cette sobriété
Qui m'aide au meilleur chyle et produit la santé.
Mais que fait-il au lieu? Une fougue l'entraîne,
Et quêtant le plaisir, il rencontre la peine.

Sa passion le guide; il lui laisse les dés,

Et sa profusion confond mes procédés.

Par contradiction, lui-même il se déjoue :

Il ne hait qu'Albion, et lui tend une joue!

Rien ne doit l'arrêter! A quoi sert cet essor?

De son indépendance il dépendrait encor.

Jadis un nouveau monde attira son échoppe;

Il y veut aujourd'hui s'emparer de l'Europe.

Heureux, je transmuais un peu de lait chauffé;

L'homme à présent me brûle avec tout son café.

La chicorée offrait des douceurs et du lucre;

Mais il n'en voulut pas, tout en voulant du sucre.

Pour me donner du ton, il m'affadit de fleurs.

La marine va mal; il lui faut des vapeurs.

Mercure est le futur de la philosophie.

Lacédémone touche à la Scandinavie.

L'homme est avec les cieux en contrariété :

Des glaces en hiver! Il n'en faut que l'été.

Qui sait s'il ne voudrait, (car où peut-il se plaire?)

Ayant les yeux fermés, faire un trou dans sa bière ?

Qu'il me donne du bon, simple dans son apprêt,

En mesure, à propos, et le chyle est parfait.

Sans quoi, dans l'Univers, tout souffre et se désole;

L'ordre fait une pause, et la vie s'envole.

Que deviendraient alors Sujets et Potentats?

Estomac dérangé, dérangement d'États.

Vous chefs, membres, agens de mon grand ministère,

De concert avec moi, sauvez l'homme.... la terre.

Homme donc, aide-nous; veille mieux sur tes mœurs.

Le superflu me gonfle et m'accable d'aigreurs.

Plus sages, tes ayeux, avec moins de dépense,

De plus simples tributs tiraient leur súbsistance.

Quand je suis gai d'un grain du choix des Passereaux,

Veux-tu donc m'assommer à coups de fricandeaux?

Serais-je pour toi seul difficile à comprendre?....

Est plus sourd que l'écho, qui ne veut pas entendre.

L'homme aime mieux, fuyant chez lui la vérité,

Aller chercher en Grèce un morceau de Cité.

Pourrait-on s'étonner qu'il n'offre que des ombres,

Lorsqu'il revient farci de noms et de décombres?

Aussi pour l'étranger fit-on partir son moi :

On a toujours assez de poussière chez soi.

Même quelqu'un du sexe entraîné dans l'arêne,

Près des marais Pontins apprend qu'on l'a fait Reine.

Entre deux volontés on voit l'homme flotter :

Il veut rendre le trône, il veut y remonter.

Me consumant du vin que verse sa réforme,

Il brûle le tonneau pour lui donner la forme.

Il me donne, sans voir, que le mal s'en suivra;

Il en appelle et prend ce qui me l'ôtera.

Je jouis, comme lui, si fleurit le commerce;

Mais il se pend au fruit, et l'arbre se renverse.

Il souffre comme moi des écumeurs de mer ;

A le voir on croirait qu'il veut s'en faire aimer :

C'est pour eux que chez lui se broye l'aromate,

Craint-il de se noyer, coulant bas le pirate ?

Bonne chère, à son goût, fait enfuir le chagrin ;

Mais l'excès rend poison l'aliment le plus sain.

D'un chyle ardent, mais faible, ah ! quel sera le germe !

L'homme, avant l'existence, y pourrait mettre un terme !

D'êtres mal conformés viendra-t-on s'étonner,

Lorsqu'on s'est satisfait sans vouloir se borner,

Quand des mets recherchés provoquent l'onanisme,

Ou vont jusqu'à plonger dans le nymphomanisme ?

Si l'on ne soigne mieux son éducation,

Je dois craindre à jamais sa déglutition ?

L'homme est gâté ! Par qui ? Par celui qui l'enseigne

Aussi, malgré la paix, digère mal qui règne.

Aussi, malgré la paix, rien ne sait circuler :

Le riche, sur son or, se ruine à calculer.

Aussi, malgré la paix, on s'isole et s'oublie :

On se croit un entier et l'on n'est que partie.

Aussi, malgré la paix, l'Africain s'avançant,

Menace encor l'Europe, et même le croissant.

Aussi, malgré la paix, s'il faut être sincère,

Tout est presque plus mal qu'au milieu de la guerre.

Si jeunesse savait, tout au moins ignorer !

Mais, manquant de conduite, elle veut tout gérer.

L'âge mûr est pour elle un censeur ridicule :

Elle me fait citrouille, au lieu de ventricule.

Aussi, pour la vieillesse, est-elle sans égard :

Ce n'est rien à ses yeux, qu'un voyageur qui part.

Qu'on me montre le fils qui, tout cœur pour un père,

Placerait sur sa tête en rente viagère?

Il se verrait plutôt un fils l'esprit tourné,

A rendre responsable un père infortuné

Qui veut encor pour lui, dans sa pauvre demeure,

Employer au travail jusques sa dernière heure.

Qu'aimez-vous, vains auteurs? vous seuls dans vos enfans.

Le doux moment d'oubli qu'ont ordonné les sens,

Peut-il énorgueillir les agens d'un mystère?

Du ciel, des lois, des mœurs, part votre caractère.

Aimez vos rejetons, mais que ce soit pour eux,

Et la société vous devra des heureux.

Qu'est l'éducation? L'emploi, mais en mesure,

Des dons que vous a faits l'auteur de la nature.

L'argile est dans les mains ; qu'on veille à bien former :

La raison jointe au cœur, voilà savoir aimer.

Trois des règnes, sans cesse, épurent ma chimie;

L'homme tout seul, hélas! si souvent l'a trahie!

Lui seul forme pourtant une société

Dont l'ame est le respect pour la propriété.

Qu'il lise donc partout cette juste maxime :

« Sans le consentement du pouvoir légitime,

» Pour soi ni pour autrui, ne jamais rien toucher;

» Y penser un moment serait même pécher.

» Et qu'il apprenne encor que chaque organe touche :

» Tact, oreille, palais, œil, nez, langue et la bouche ».

Ces traits dans tous les cœurs, qu'on verrait de vertus!
Vieillard trop délaissé, tu ne te dirais plus :

« Aux esprits ténébreux laissons le subterfuge;

» Le vulgaire est censeur : l'honnête homme se juge.

» Qui d'une souche probe est heureusement né,

» Ne saurait.... et n'est pas toujours infortuné.

» Tant qu'un être ressent l'influence des astres,

» D'un sort fâcheux il peut réparer les désastres.

» Il a droit à l'espoir et de dire tout bas :

» Le Ciel m'a refusé, mais ne m'oublie pas.

» Ce qu'en ma main tremblante on met de subsistances,

» Me le passer en don! ce sont des redevances.

» Ce qu'au loin l'Océan disperse de ses eaux,

» Un rocher le lui rend en de si doux ruisseaux!

» Si PLINE nous dit vrai, le rat dans sa jeunesse,

» D'un père chancelant ranime la faiblesse.

» Si le corbeau vraiment atteint jusqu'à cent ans,

» C'est pour avoir, peut-être, honoré ses parens.

» A qui veut sans pouvoir, il reste encor un rôle :

» Le mélange des pleurs, touche, allége, console ».

---

(1) *Tempus moramque dabimus, arbitrio tuo*
Implere lacrimis : fletus aerumnas levat.

SEN.

A ses parens, un fils, au vrai, ne donne rien ;
Il ne fait que leur rendre une part de leur bien.
Qui mêle le reproche à ce qu'attend un père,
Change un doux restaurant en une dose amère,
Prendre un ton arrogant pour un peu de métal !
Si c'est faire du bien, que c'est le faire mal !
Père riche en honneur, oppose le silence ;
Instruis encor ce fils par ta noble indulgence.
Dans la discussion s'effarouche la paix :
C'est à savoir céder que l'ascendant la fait.
La raison se possède et se tait la première,
Et souvent ce moyen éclaircit la matière.
Le faible, dans ses torts, cherche à s'en imposer.
Le bon droit est tout prêt, s'il s'agit d'excuser.
La vie doit, pour tous, se voir comme un doux songe :
Le bruit peut le troubler ; le calme le prolonge.
Fidèles aux vertus, détrompons les méchans :
La force fait les bons ; la peur fait les tyrans.
L'auteur de la nature est si bon par essence !
C'est monter jusqu'à lui qu'user de bienfaisance.
Tout ici se dilate et sait se rapprocher :
Ce qui nous fuit revient sans se faire chercher.
Sur des points opposés repose l'équilibre :
L'Univers se balance, et l'Univers est libre.

    Homme, sois donc plus sobre ; homme reviens à toi ;
Je te promets santé : que l'ordre soit ta loi.

Toute réaction à l'action s'égale ;

C'est en physique ainsi ; c'est de même en morale.

Tu m'as long-tems troublé ; long-tems sers mes creusets :

Tant la guerre a duré, tant doit durer la paix.

Lorsque pour moi partout règne tant d'harmonie,

Quoi ! la seule raison !... sois aussi mon amie.

Pour l'être sain et fort, il n'est que bonne humeur :

Travail, espoir, un plat, ont pour fruit le bonheur.

ALEXANDRE attendit, mais envain, certain sage.

L'or ne m'a pas non plus présenté son hommage.

Le héros fut le voir, comme un de ses amis.

DIOGÈNE en sa tonne, à peine en est surpris ;

Il a même bravé l'honneur du diadême.

Grace à l'homme, envers moi, l'or en use de même ;

Ce bon valet fait maître, et qui tout se permet.

Le vice l'a gâté : la vertu le soumet.

Il quitte son service ou remplit mal sa tâche ;

Le généreux s'en sert, et l'avare le cache.

L'humble caillou qui roule aux mouvemens des flots,

Fait honte au vain mont d'or qu'avilit le repos.

Le cœur d'un Harpagon est fait de carapase.

C'est par crasse qu'un if ne veut pas qu'on le rase.

Le glouton me contraint : le sobre atteint mon vœu.

La splendeur m'offre trop, la lésine trop peu.

Les heureux résultats viennent, pour ma chymie,

Des justes quantités, principes de la vie.

Un goulu s'assoupit, et manque au parlement. (1)

D'un appétit réglé, naît le contentement,

D'où part l'amour pour Dieu, ses Rois et la Patrie;

Pour le travail, la paix, la sage économie;

Pour l'ordre, le devoir, l'honnête liberté;

Pour le juste, le vrai, les mœurs, la probité....

O probité! qui seule es un digeste,

Prends en pitié les maux et les malheurs;

Viens ranimer de ta flamme céleste

Tous les cœurs.

Remplis-les tous.... tous de ta pure essence;

Préserve-les du vice et des abus :

Répands partout la divine semence

Des vertus.

Rappelle en l'homme, aux champs comme à la ville,

Ce qui le rend dans la société

Laborieux, zélé, paisible, utile :

L'équité.

Ah ! de Janus ferme à jamais le temple.

Quel fruit tirer de sanguinaires vœux ?

Rien de plus doux qu'un cœur, à ton exemple,

Généreux.

Inspire au faux d'être sincère et juste :

Qui veut frustrer, lui-même s'est trompé.

Le chemin sûr est celui de l'auguste

Vérité.

---

(1) *Plus occidit gula quàm gladius.*

De notre siècle, en son adolescence,
Guide les pas; rends-le doux, rends-le bon:
Fais qu'il embrasse avec reconnaissance
          La raison.

O probité! reviens sur notre terre;
L'homme y gémit, sans toi, dans la douleur.
On ne reçoit que dans ton sanctuaire,
          Le bonheur.

Reviens, oui viens préserver d'un perfide,
D'un luxe outré qui prend les derniers sous;
Verse en torrens les vertus d'Aristide
          Parmi nous.

Viens faire aimer le maître légitime,
Viens faire aimer son respect pour la loi;
Viens faire aimer le zèle qui l'anime,
          Et pour toi.

Viens faire aimer les dons d'un Dieu suprême,
Viens faire aimer et la science et l'art,
Viens faire aimer, que tout du bonheur même,
          Ait sa part.

Viens rétablir chez nous la confiance,
L'amour du bien, la vraie piété,
L'esprit discret, une tendre indulgence,
          L'amitié.

O probité ! compagne du vrai sage,
Rends les désirs simples et modérés :
Un petit bien, un ami, de l'ouvrage,
C'est assez.

Viens empêcher de raisonner régence :
Quand dans la barque on n'est que passager,
Du Nautonnier on se laisse en silence
Protéger.

Qui te chérit a l'ame si sereine !
Qui te chérit est si content de soi !
Qui te chérit sent alléger sa peine
Avec toi.

Qui te chérit jouit de ce qu'il donne.
Qui te chérit est satisfait du sien.
Qui te chérit, n'ayant rien à personne,
Dort si bien !

Fais contempler l'ouvrage du Grand-Être,
Fais adorer ce tout-puissant soutien.
Mets tout d'accord, le serviteur le maître,
Tout est bien.

O probité ! viens régner sur le Globe ;
Place nous tous au rang de tes sujets .
Que dire humain, soit aussi dire probe,
A jamais.

Tel qu'un bouton humide et près d'éclorre,

Attend penché l'astre brillant du jour,

J'espère, sens, et vois comme une aurore,

Ton retour.

Aime-t-on la santé lorsqu'on se la dérobe

Par de factices goûts? qui dit sobre dit probe.

Régler tout à son gré, rompt l'équilibrité :

A l'horison des lois, brille la liberté.

L'homme n'aurait pour moi qu'abandon ou qu'ivresse?

L'être à queue en trompette aurait plus de sagesse?

Le singe en savourant le doux jus d'un melon,

Prévoit qu'après assez, il n'est plut rien de bon.

Sortant d'un tuyau d'orgue, une souris aîlée

Prend-elle trop de lard dans une cheminée?

La cigogne en un pré que laisse le reflux,

En prend ce qu'il lui faut, et jamais rien de plus.

Brunette en préférant la beauté pour nourrice,

S'y prend comme l'abeille au-dessus d'un calice.

L'aigle pour lui, pour moi planant sur les guérets,

Sait trop bien nous servir pour invoquer l'excès.

Aussi d'un pole à l'autre, on n'entend que chez l'homme

Pousser des cris aigus aux maux d'un condylome.

Aussi, l'homme excepté, sous la voûte des cieux,

Tout, sachant se régler, est et me rend heureux.

Tout me reste soumis; tout travaille et m'occupe.

Qui ne sait qu'être oiseux, naît, souffre et meurt sa dupe.

Qui toujours suit ses goûts, émousse le plaisir.

Qui travaille obéit, et sait le mieux jouir.

Tout rang a des devoirs qu'il ne saurait remettre.

Ordonner, s'il le faut, c'est encor se soumettre.

Ne voyons-nous pas même, à sainement juger,

Le grand-auteur de l'ordre, à l'ordre se ranger?

Tout l'Univers se meut, s'attire et se balance.

Qu'est-ce qu'égalité? commune dépendance.

Le travail unit tout, entretient la santé.

Tout s'équilibre en tout par la sobriété.

Les délices d'amour que crée l'harmonie,

Font planer l'ame émue entre l'être et la vie.

Le plaisir que l'abus n'a jamais desséché,

Ne trouble pas les yeux, des larmes de PSYCHÉ.

La passion est vive, et veut qu'on la dirige :

Pour peu qu'on l'abandonne, arrive le prestige.

Quand la simple nature au grand conseil admet,

D'un savoureux nectar qui ne sent point l'apprêt.

Elle sait présenter une dose si sage,

Que l'unanimité lui porte son suffrage.

Sa modération me range à son avis.

Homme, fais donc comme elle, et nous sommes amis.

Le faste est un emprunt que fait la conscience

Pour contrebalancer un manque de puissance.

Qui ne sait aller droit invoque les détours :

Le faux et le clinquant se font au même cours.

On veut faire le gros, quoique tout bas on craigne :
Qui ne vend pas assez, agrandit son enseigne.
Un cœur pur se découvre et ne se craint jamais :
L'innocence sourit sous le chaume et le dais.

Où tout le tems se passe à travailler, bien faire ;
On a toujours assez ; on est sain, on prospère.
La discorde doit craindre à jamais un séjour
Où pour Dieu, pour son Roi, tout se remplit d'amour.

Puisqu'on veut que tu sois d'une plus sage espèce,
Homme, pourquoi tout seul me surcharger sans cesse ?
Ce qu'enferment les monts, animal, végétaux,
Louent le Ciel des dons qui composent les eaux.

Je n'attends pas de toi tout-à-fait leur régime ;
Mais sache aussi bien qu'eux que l'excès est un crime.
D'où vient qu'en ton vivant tu troubles mes creusets,
Et qu'un ver de ton sein les sert à ton décès ?
Pour contenter tes goûts, tout est à la torture :
Qui ne pense qu'à l'art, oublie la nature.
En rendant les sens nuls, et ton esprit obtus,
Veux-tu suivre les pas de ce VITELLIUS,
Qui, pour se ragoûter, remâche et puis rejette
Tout le long du repas ce qui le mieux l'appète ?
Pour tous les conviés, voilà bien des présens
Qui font fuir leur aspect, autant que leur encens,
Et rappellent assez de CIRCÉ l'artifice
De changer en pourceaux les compagnons d'ULYSSE.

Quand je sens tant d'excès, j'incline à préférer

Qu'Ulysse naufragé, soit dix jours sans dîner.

Le moyen d'être heureux sans vertu ni sagesse,

Plongé dans les festins, la débauche et l'ivresse,

Cinglant de mal en pis loin de la vérité,

Changeant le vrai plaisir en fausse volupté?

Quel air aussi prend-on quand toujours on m'accable?

Le teint d'un chef tranché du tronc d'un grand coupable,

Et le ventre en tambour de ce gros Italien,

Qui pour se faire à table un commode maintien,

Eut besoin d'invoquer la cognée et la scie,

Mais ne put empêcher une toux inouie

D'asperger l'assistant de l'importun reflux,

D'ortolans mangeonnés se noyant dans leur jus.

Aussi mérita-t-il, à sa mort, la satyre

Que chez le Brabançon on ne fit pas sans rire :

O Deus omnipotens crassi miserere V.,

Quem mors præveniens non finit esse bovem, etc.

Comment être surpris qu'un cercle à mauvais chyle,

Prétende un lazaret presque comme une ville? (1)

Puis-je bien transmuer si l'homme est mécontent?

Mais que prétend-il donc? Être riche, savant?...

Riche : voilà le mot.... Tout le monde peut l'être,

Depuis le citadin jusqu'à l'homme champêtre....

---

(1) Près d'Alsterwald.

Le travail est le plus sûr bien,

Et du bon ordre le soutien.

Partout la sagesse suprême

En ses œuvres parle de même.

Le travail fait les grands esprits.

Le travail rend pieux et juste,

D'un Frédéric fait un Auguste;

Un Numa du prudent Louis.

Par le travail qui tout allie,

La Macédoine est en Russie.

Le travail rend sobre, et si sain!

Le travail s'y prend du matin :

L'aube du jour dore l'ouvrage.

Bien travailler, c'est être sage.

Travailler c'est peindre le tems;

C'est le fixer sans qu'il s'arrête.

Le travail allége les ans,

Et les fait planer sur la tête.

Qui travaille prie et sert Dieu.

Qui travaille chérit son prince,

Et trouvant qu'un couple est trop peu,

Arrondit une taille mince.

Le travail égaye le cœur.

Plante, animal, métaux.... Mais l'homme!

La cause première, l'atôme,

Tout travaille.... et c'est le bonheur.

Est pauvre avec beaucoup qui doit ou devient chiche.

Qui de peu fait assez, et donne encore, est riche.

Homme, soyons unis, repoussons tout excès.

Je suis si satisfait des troupeaux dans les prés!

Les besoins absolus, ici, sont peu de chose.

Pourquoi faudrait-il tant? On n'y fait qu'une pause.

Tes soucis, faible humain, sur ton moi, vont trop loin.

Te croirais-tu chargé tout seul d'en prendre soin?

Ce penser accroîtrait encore tes misères :

Aide-toi, dit un Dieu, j'aide dans tes affaires.

Je ne me plaindrai pas pourtant de l'homme aisé,

Me donnant poule au pot au lieu de pain ferré.

Son éducation sur moi fait influence;

Je puis m'accommoder d'une honnête opulence :

Je trouve le vin bon par-dessus le rôti;

Mais assez est assez, et trop est trop aussi.

Que sain est un repas que l'amitié prolonge!

Profiter de la vie est bien user d'un songe.

A reprendre l'ouvrage on est plus empressé :

On y savoure encore un doux plaisir passé.

Un sujet peut avoir des amis à sa table;

Mais les Rois en ont-ils? Il leur manque un semblable.

Un Frédéric le Grand sut pourtant s'en créer;

Il disait : paix le Roi!.... Notre cœur peut parler.

Il appelait le vrai : le vrai se fit entendre.

C'est ainsi qu'on s'élève à dignement descendre;

Qu'un Monarque transmet avec sécurité,

Un trône que soutient l'auguste vérité,

Et que tout est santé, que tout jouit, espère,

Qu'on voit ASTRÉE enfin revenir sur la terre.

On ne me fait du bien qu'en aimant bien la loi,

Le tout-puissant, l'état, les chambres et le roi.

Des villages, des bourgs et de moyennes villes

Me troubleraient assez, s'ils n'avaient leurs vigiles.

Mais les vastes cités n'observent presque rien;

On s'y tue sans cesse à se faire du bien.

Par ennui, trop souvent, on se cherche querelle;

Puis buvant par-dessus, on trouble sa cervelle.

Un mot y peut fâcher des tas d'individus,

L'un pour dire jus verd, et l'autre du verd-jus.

Qui souffre est susceptible et n'agit qu'en colère.

Si souvent l'*Iliaque* a provoqué la guerre!

Sans le corps mal dispos, d'êtres à petits yeux,

Un tiers-état, sans doute, eût été moins nombreux.

Que de gens pleins d'écus et vides de sagesse,

Vantent la bonne-foi pour mieux lui jouer pièce!

Où l'or et le régent fuient les bonnes mœurs,

L'esprit devient obscur, et de métal les cœurs.

Par intérêt, pourtant, on éteint l'incendie;

Mais un individu peut y perdre la vie.

Un jour s'offrit quelqu'un avec un sûr moyen

De sauver du malheur, et ne demandait rien.

Que dit-on à ce Franc des rives de la Somme? —
Laissez-nous donc, Monsieur! nous n'assurons pas l'homme. (1)
Le pauvre philantrope en prit tant de chagrin,
Que je m'en trouvai mal jusque vers le matin,
Où le ver en famille
Déjeûnait si tranquille!
Il le pouvait :
L'homme dormait.
Que le commerce couvre et la terre et les ondes;
C'est le répartiteur des fruits de tous les mondes.
Mais faut-il en un jour tout cuire et dévorer?
Pour augmenter les prix, devrais-je me crever?
Le luxe, même, est bon, s'il n'outre la mesure :
Qu'on use bien de tout, répète la nature.
Que dirait, de nos jours, l'immortel Montagnard,
D'un Suisse se mêlant de bisques et de fard?
Que dirait un auteur juste en sa modestie,
Sur la borne pour lui que planta l'ineptie? (2)
N'aime-t-on pas mieux voir quelqu'un se reposant
Sous cet arbre où chantait un poète charmant? (3)
A–t-il besoin d'un roc? J'en appelle à l'histoire :
Elle a gravé son nom au temple de mémoire.

---

(1) Une des anséatiques.
(2) Un chan. place aux oyes.
(3) Hagedorn.

Luxe, c'est ton abus qui trouble mes travaux....

Mais en reviendrait-on? Au loin sont les tombeaux....

L'homme, je l'ai pensé, n'est point incorrigible :

Qui le connaît assez en tire l'impossible.

Il a divers côtés, ainsi que tout objet :

L'un présente l'obscur, et l'autre un clair aspect.

L'astre d'or, à la fois, donne le jour et l'ombre.

Plus grand, plus de clarté, mais aussi plus de sombre.

Combiner l'un et l'autre est d'un ministre adroit :

A ses vrais intérêts, l'homme court, s'il les voit.

Alors, doux, sobre, actif, usant bien de la vie,

Il sert l'état, son Roi, se sert et ma chymie.

Respirant le bonheur, il répand la gaîté ;

Il parle à cœur ouvert ; il est plein de santé.

En lui les élémens en parfait équilibre,

Calment ses passions ; il les guide : il est libre.

Si le soleil s'absente et fait place à la nuit,

Le lendemain l'aurore annonce qu'il la suit.

Le sublime est le son que rend une grande ame :

Il anime, rallie, éclaire, guide, enflamme.

Soldat, commande !... ou marche !... Le voilà dans ses rangs.

Je suis ton Roi : qu'es-tu ? Parle !... Un de tes enfans...

Le discours d'apparat gagne un homme d'étude ;

L'éloquence du fait, soumet la multitude :

Elle sent peu les fleurs ; elle espère du fruit.

L'emphase la déjoue, et le vrai la réduit.

Toi qui fends mes creusets et n'en saurais démordre,
Vois dans la vérité le trône où siége l'ordre,
  Ce solide lien,ressort perpétuel
Dont le bris confondrait.... tout.... jusqu'à l'Éternel.

  Rendons justice aussi : des cités, des villages,
Du livre des excès connaissent peu les pages.
Comme moi l'on y sait que si le corps va mal,
L'ame, tant qu'il languit, est dans un hôpital.
On travaille, on est gai, chacun a bonne mine,
Et souvent un docteur y prend seul médecine.
Le dimanche surprend : le tems paraît si court!
On entend le sermon; on dîne, on danse, on court.
Les chapeaux, les corsets, retrouvent la commode;
Le pain-et-beurre saute, ou le bœuf à la mode.
Un bon verre de vin couronne le repas.
Après avoir prié, Morphée tend les bras.
Au point du jour encor chacun est à l'ouvrage.
Ainsi passe un moment, qu'on appelle voyage.

  Quel est l'homme pensant qui demanderait mieux?
Savoir se contenter, c'est savoir être heureux.

  Se plaindre, c'est douter; c'est bannir l'espérance,
Et refermer la main qu'ouvrait la providence.
Il ne faut qu'observer pour soulager son cœur :
Le plus mauvais état est tout près d'un meilleur.

  Un être vigilant, sobre, et la santé même,
Se tresse des bleuets : voilà son diadème.

On juge faussement la fortune d'autrui :
Sous le brillant qu'on voit peut se cacher l'ennui.
Qu'il méprise s'il veut du plus haut de la roue :
Le soleil le verra, peut-être avec la boue.

Comme Estomac, partout, j'ai dû m'apercevoir,
Que la peine ici-bas se mesure au pouvoir.

Quand le serviteur dort, le maître est responsable :
S'il n'éveille ses gens, il peut être coupable.

Il n'est pas un régent qui n'ait pu dire en soi :
Un vraiment bon sujet souffre moins qu'un bon Roi.

Heureux le laboureur qui chantant sa ballade,
A bras nus assaisonne une fraîche salade
Qu'il distribue aux siens avecque du porc gras!
Que j'aime à transmuer un si simple repas!

La douce aménité, suivante du mérite,
Aux champs comme à la cour, prouve l'homme d'élite.
Frédéric exerçant se montrait gracieux :
Être aimé, se mouvoir, me font digérer mieux.

J'aime dans mes travaux qu'un plaisir me délasse :
Je sens fuir les humeurs avec l'instant qui passe.

Les jeux ont des abus; ils ont aussi leurs droits :
On y prend la leçon de se soumettre aux lois.
Parens, fils, étrangers, l'œil fixé sur la carte,
Offrent des rangs divers, sous une même charte.
Si le prix s'y modère, on le quitte joyeux;
Point de crispation, et je transmue mieux.

Sexe, moitié du cercle où règne la parole,
Aide-moi de tes soins, de l'un à l'autre pôle.
Qu'innocence toujours réserve à son vainqueur,
Du bouquet des amours une première fleur.
Je me rappelle encor.... (ne riez pas tant, mâles).
Des maux que je souffrais aux noces des vestales.
Par la délicatesse, éloigne les dégoûts;
Que le dais des amans soit le ciel des époux.
Que le voile entre-ouvert égaye avec décence :
Fais espérer encore où finit l'espérance.

Beau sexe, avec hymen, en de doux entrelas,
Tresse, mais de ces fleurs qui ne se fanent pas.
Qui sait se respecter, au respect seul engage.
Protège mes travaux, qui jouit, mais en sage.
Oui, la nature et moi, sommes du même avis :
Zéphyr, Calice, Temps, donnent le jour aux fruits.

Mais un frêle vaisseau se fiant à NEPTUNE,
A besoin du nocher.... aussi de la *fortune.*
Homme qui vois si loin, saurais-tu tout prévoir?
Qui sert sa conscience, atteint à son devoir.

Vous qu'entretient l'état, conservez l'espérance.
Je suis content de vous : j'ai peu, mais suffisance.
Votre pécule augmente, et vous deviendrez mieux :
L'astre du jour, pour vous, répand aussi ses feux.
Pour calmer vos douleurs, voyez toute la terre.
Est-on jamais petit, quand on est nécessaire?

Il est une vertu qui, sans la pauvreté,

Resterait dans l'oubli : c'est la tendre pitié.

Combattez; demain vient le moment de la trève :

Tout fait cercle partout, et le cercle s'achève.

Allez tous au festin qui se prépare exprès

A tout ce qui respire.... en l'honneur de la paix.

FIN DU DEUXIÈME CHANT.

CHANT TROISIÈME.

Quel magnifique aspect! Qui se ferait l'idée
Des règnes ne formant qu'une même assemblée;
Tous unis en un jour, de vœux et d'intérêts,
Tous recevant des Cieux l'olivier de la paix?

Prince Estomac préside à ce cercle admirable.
Il ordonne, et soudain l'Univers est à table.
Le Ciel, pour l'éclairer, s'unit au Dieu du jour.
Yris y regretta de n'être pas plus stable.

Chacun porte son plat, sa boisson à l'entour,
Et de toutes les voix part avec harmonie,
Cette simple prière à l'éternel génie :
         Daigne agréer, divin auteur,
         De l'Univers et de l'espace,
            L'humble action de grâce
            Du zélé serviteur.
Apparut au moment la sagesse infinie
Dans son éclat, et dit : voilà comme on me prie.

Tant d'êtres réunis.... oui, je dois l'avouer,

Me font trouver plaisir à m'entendre louer....

    Qu'on arbore une flamme où chacun puisse lire

Ce que trois ans d'avance un poète sut dire :

        « Demain peut nous venir la paix ;

» Mais qu'on me croie un sot, ou si l'on veut, un sage,

» Elle ne tardera, selon moi, davantage,

» Que dix-huit cent quatorze, ou peu de mois après ».

    Ce n'est pas tout : les arts méritent mes bienfaits.

        La perfection du langage

        Appelle tout à se parler

        A la manière du ramage.

          Qu'en discours brefs et clairs

S'exprime la pensée avec sept tons divers.

    Que dès ce jour, par une gamme égale,

        Féconde en variations,

Un être, quel qu'il soit, à ses perceptions,

Joigne une mélodie, et simple et générale....

    Après avoir montré sa satisfaction,

Dieu répand sur les mets sa bénédiction.

    D'un langage nouveau, distinct, flexible et tendre,

Métaux, plante, animal, se sentant pénétrer,

S'étonnent à la fois, en causant, de chanter

        A l'unisson et se comprendre.

Alors, à sa façon, sobre en son appétit,

Chacun se satisfait, parle, se rafraîchit,

Et la langue nouvelle, en place de l'ancienne,

Tout d'une voix reçut le nom : PHILOMÉLIENNE.

Les règnes aussitôt.... Tout en procession,

Par un beau jour de mai, de corps, de cœur et d'ame,

Aux *Cordilières* marche arborer l'oriflamme

Où les vers annoncés se trouvèrent écrits, (1)

Surmontés de trois fleurs de lys;

Et si haut fut planté le vertical cylindre,

Qu'envain l'aigle eût tenté d'y voler et l'atteindre.

Content comme jamais il ne l'avait été,

De voir tout l'Univers, même l'espèce-humaine,

Avec tous ceux en quarantaine,

Jouir d'une ferme santé,

Grâces à la sobriété,

Prince Estomac dit : dans la plaine,

Sur les monts, et des airs

Jusques au fond des mers,

Qu'avec moi chaque espèce

Danse et chante avec alégresse

Des hymnes en l'honneur

Du divin Créateur

Des cieux et de la terre:

En l'honneur de la paix, de tous les souverains,

De chaque ministère,

De tout ce qui vit, sert pour et par les humains.

---

(1) *Nemo igitur vir magnus sine aliquo afflatu divino unquam fuit.*

CIC. *de nat. Dei.*

Tout, ensemble, à tes mots, en la langue nouvelle,
Entée sur les tons qu'exprime Philomèle,
Chante à grand accompagnement
Ces hymnes où le cœur fit plus que le talent.

Comme vertu, je tiens mon être de la force.
Pour m'attaquer, le faible emprunte mon écorce.
Thémis me rend mon voile. Qu'est le vice alors? Rien.
Le combat est mon sort, la victoire, mon bien.
Sans tous mes opposés, sans la vicissitude,
Aurais-je même un nom? Je serais habitude.
Source de toute gloire, auteur de l'Univers,
Sois toujours mon égide, et j'attends le pervers.
Comme l'étoile
Aux Cieux
La vertu sous le voile
Brille le mieux,
De l'un à l'autre pôle.

Langue Philomélienne, en ta faveur enfin,
J'ai fait taire le droit qu'avait seul un humain.
De cette cession mon esprit se console,
Toutes les voix ayant le don de la parole,
Et je rends grâce au Ciel de vouloir tout douer
D'une langue si prompte à rendre le penser.
Qu'heureux est le berger aujourd'hui de comprendre
La brebis l'appelant à venir la défendre,

Ou se plaignant de l'herbe, où qu'un terrain fangeux
S'affaisse et veut l'enfouir jusqu'au-dessus des yeux !
  Le folâtre zéphir, le frifrou du feuillage,
Tout se comprend, converse en un même langage.
Chanter, parler n'est qu'un; l'Univers est uni :
Métaux, plante, animal; tout est *Catalani*.
D'un idiôme si beau conservons l'habitude.
Daigne agréer, grand Dieu, ma vive gratitude.

  On me nomme beau sexe, et l'aveugle miroir
S'emploie tous les jours à me le faire voir.
J'aime tant les leçons que prince Estomac donne,
Qu'à son code aisément mon esprit s'abandonne.
Il est si délicat, qu'il voudrait que l'amour,
A l'agonie, fût comme le premier jour.
Ses lois sur la santé sont dignes d'un Auguste :
Trop ni trop peu, dit-il : rien n'est bien que le juste.
  Suffit : n'oublions pas qu'un langage nouveau
Fait que tout se comprend : puce, épingle, rideau.
  En ce peuvent juger, l'ignorant et le sage,
Que quand l'homme aura tout, il voudra davantage.
Que ne sait-on encor que, s'il s'agit du bien,
Lorsqu'un vase est rempli, on n'y verse plus rien.
Suivons l'ordre établi; célébrons bien la paix.
Dieu dit : parmi mes dons, n'est point compris l'excès.

  Comme haut chêne, on aime mon ombrage.
Serrez, couples unis, vos nœuds sous mon feuillage.

PHILOMÈLE en chantant s'exprime comme nous ;
Elle dit : les plaisirs sont doubles entre époux ;
Et si n'être que deux, par le tems importune,
Le cercle s'arrondit : voilà triple fortune.
Puis au prince Estomac, par la sobriété,
Tout plaît, chacun jouit d'une ferme santé.

Auteur de l'Univers, bénis ces doux accords,
Et l'ame au plus long-tems animera les corps.

Au Ciel.... à tout, je dois mon retour à ma place.
Au Ciel.... à tout aussi, je rends tous les jours grâce.
Glorieux Saint-Louis, prie pour mes succès,
Que je garde l'amour de tous mes bons sujets.
Leur bonheur est mon but ; c'est mon plaisir suprême :
J'incline à tout pour eux ; c'est juste : je les aime.

L'amour penche à céder en jugeant un tableau :
Un feu conservateur allume son flambeau.
S'il veut, tout est d'accord et respire la vie :
Il sait que l'Univers se repaît d'harmonie.
Il dit : dans les débats diversement fondés,
Souvent tort et raison, coulent des deux côtés.
L'austère est repoussant, et l'aménité donne.
Qui saurait mieux juger que celui qui pardonne ?

Descendans des Bourbons appelés à mes droits,
La couronne décore, et ne fait pas les Rois.
Le grand, le vrai Monarque, à tout prête l'oreille :
Un trône est beau, mais dur, et c'est pour qu'on y veille.

Dieu de bonté, bénis à jamais notre nom :
Je mourrai sans finir, en mourant en *Bourbon*.

Défendre son pays, et d'un bras redoutable,
Est le plus juste augure, et le plus favorable.
Braves Russes, le Ciel voulut nous le prouver :
Notre ennemi fuyant, ne vit, pour se sauver,
Que les bras d'un rival qu'il redoute et déteste.
Plus digne du vainqueur, est qui se rend.... ou reste.
Des hommes élevés, telle est l'opinion :
Honorer chaque état, surtout sa nation.
Du malheur des vaincus, le vainqueur tient sa gloire :
Les morts, des deux partis, ont payé la victoire.
La paix, à l'unisson, enfin a tout remis :
Quand cesse le combat, il n'est plus d'ennemis.
De la Sainte-Alliance affermissons l'Empire :
La suffisance seule, ou la craint ou l'admire.
L'olivier, notre but, enfanta nos succès,
Et qui riait du sang, pleure seul sur la paix.
Entre d'ardens rochers, que son cœur s'amollisse!
Et qu'il dicte aux échos, que le bien s'accomplisse!
La vertu sait combattre, et craint peu les revers :
Un être vraiment grand, l'est même dans les fers.
Le faible est entraîné; qui s'arrête est son maître.
Qui dit ordre dit borne, a dit le divin être.
Rendons grâces au Ciel d'avoir guéri nos maux,

Et qu'une douce paix couronne. nos travaux.

J'ai triomphé de moi : je préférais l'Empire.
Le bien de la patrie a de quoi me suffire.
J'ai tout sacrifié.... par amour pour la paix.
J'étais père avant tout.... de mes braves sujets.
Me soumettre à mon rang fut mon premier digeste.
J'agis en vrai Monarque, et le Ciel fit le reste.
D'un Dieu juste je tiens le trône et mon pouvoir :
Lui dévouer mon cœur est mon premier devoir.
En ce jour solennel, Dieu de miséricorde,
Je te rends grâce aussi de revoir la concorde.

Roi vigilant, philosophe, soldat,
Grand politique autant que magistrat,
Que ne peux-tu, reprenant l'existence,
De ta maison contempler la puissance!
Tout sut aider, tout fonda mon pouvoir,
Le bel état! mais aussi, quel devoir!
Grand Dieu, par qui tout peut devenir stable,
Tu fis la paix : elle sera durable;
C'est mon plus doux espoir.
Pour quiconque s'applique
A chercher Frédéric l'unique,
Afin d'exhaler son respect,
Voici son épitaphe : *hic est.*

Fortune, j'ai senti toute ton inconstance.

J'aimai, surtout, la vie, et je laissai pour prix

Trône, amis, père, épouse, frères, fils.

Je fis bien plus : pour garder l'existence,

J'allai jusqu'à prier.... l'objet de ma vengeance!

Histoire, ajoute à mes portraits :

Il s'obscurcit, et vint briller la paix.

Tout m'étant devenu contraire,

Je n'étais donc plus nécessaire.

J'apprends au moins par mes revers,

Que chaque feuille a son envers.

Puisqu'unique est mon sort, qu'on lise sur mon buste :

Envers lui l'on ne put être inhumain ni juste.

Puisque la paix est là, jouissez en, humains.

J'aurais dû la donner : elle était dans mes mains.

J'eus le sort à *Moscou* du romain à *Palmire :*

Des lauriers sont trop peu, pour fonder un Empire.

Tout étant mesuré, tout est flux et reflux.

D'où viens-je alors? Où vais-je? Où sans doute je fus.

Qu'importe où j'ai filtré, si je suis pure encore,

Au point qu'avec raison on me trouve incolore?

La fleur yris, du moins, dit qu'en toute saison,

L'eau claire est à jamais une saine boisson,

Plus des deux tiers de tous, à cette belle fête,

N'avez pris autre chose, et chacun a sa tête,

Il faut en convenir, rien à tous n'a fait mal :

Jamais si grand festin ne fut aussi frugal.

Cette sobriété mit tout de bonne humeur,

Tout le monde est content, n'est-ce pas le bonheur?

Avec un corps peu fait pour aller en cadence,

Il me faut bien sauter, quand tout le monde danse.

Éléphant, avec moi viens gambader aussi.

— J'y consens de bon cœur, prends le bout de ma trompe,

Et, profitant du bal, ajoutons à sa pompe ;

Ayant peu de besoins, nous pouvons être bons.

Rhinocéros, allons, parlons, chantons, dansons.

Sans doute, à bon marché se fait une conquête ;

Mais quand on est au bout, on s'en va sans trompette.

Le nouveau dure peu, tant l'ancien est fondé,

Dieu seul, avec le tems, a tout consolidé.

Tout étant limité, tout fait cercle et prospère :

Ce qu'on a digéré, tous les jours se digère.

Le présent est...... passé! Le futur vient..... il fuit!

On voit presque à la fois aurore, jour, soir, nuit.

Cette réunion, à jamais révérée,

D'un Dieu tient la parole, ainsi que la pensée.

Honorons-là, surtout par notre utilité :

Les devoirs respectifs font la société,

Tous les êtres, par là, sont sur la même liste :

Un éléphant sert l'homme, et l'homme est son dentiste.

Nous admettons des lois : plus de piraterie,

Où l'arbitraire expire, il naît une patrie.

Au bon ordre, chez nous, tout veut prêter les mains :

La paix nous a changés ; nous devenons humains.

Des subsides jadis rachetaient nos ravages,

Et c'était nous armer pour rester des sauvages.

Aujourd'hui nous formons un corps de nation :

Le commerce chez nous se met en action.

  Asie, vous devez nous suivre :

   Vivons bien ; laissons vivre.

  Rendons libres nos chers enfans ;

Nous sommes forts : il n'est plus de tyrans.

  Gaulois, Mahométan, Sarmate....

  L'Univers est anti-pirate.

  Respectons la propriété,

Et nous allons de pair avec la chrétienté.

On ne corrige rien par le feu de la guerre ;

Europe, tu le vois : l'exemple seul éclaire.

Contre notre marine, au tems de ton courroux,

Pouvais-tu courir sus sans t'égaler à nous ?

Qui rompt, sent dans son bras, le coup de la rupture :

Il n'est qu'attraction dans toute la nature.

Tous les règnes enfin se trouvent réunis ;

  L'envie cesse ; il n'est que des amis.

Nous appelons les arts ; c'est notre politique :

Désormais nos parfums se broyent en Afrique.

Les sérails sont ouverts; l'amour est dans les cœurs.
Le travail rend heureux : c'est le père des mœurs.

En me voyant ici par une heureuse cause,
Fidèle à mes chardons, je me sens autre chose :
En oreilles je pense être moins partagé;
Mon abreuvoir, pourtant, dit que c'est préjugé.
Qu'importe, si je parle, et même chante, danse?
Mon Yhan me plaît mieux; il a de la cadence.
Raisonne qui voudra; je suis content de moi.
Que peut de plus l'humain, lui qui se dit mon Roi?
    Désormais, au moulin, je veux chanter à l'homme :
Si tu me traites bien, je l'irai dire à Rome.
S'il me rosse un peu moins, j'y consens de bon cœur.
Comme tout est changé, peut-être est-il meilleur.
Je ne me vis jamais en si belle assemblée :
Ce jour devrait durer, ma foi, toute l'année.

La vapeur d'un fumier s'exhale vers les Cieux :
Homme, vers ton Auteur, élève aussi les yeux;
Cultive les talens, et prends cœur à l'ouvrage;
Suis-moi, suis la Raison, et prie avec courage.
        Sans mais, ni si, ni car,
Satisfais aux tributs; laisse faire César.
        Lorsqu'en route le chemin dure,
A quoi sert de pousser, si l'on est en voiture?

Jadis à ton air sombre en portant ton fardeau,
On eût dit un Anglais buvant un verre d'eau.
Aujourd'hui plus sensé, garde une joie pure.

Nous, Empereurs, Rois, Souverains,
Chantons avec tous les humains :
Une agréable image
Invite à l'exprimer :
C'est à se faire aimer
Qu'on rend la Presse sage.
La Presse, à la bien estimer,
Est une diligence :
Tout manuscrit en est le passager ;
L'Imprimeur, le cocher :
La directrice, une Régence.
Souvent, faculté de jouir,
Tient à l'homme lieu du plaisir.
La première défense....
Adieu son innocence !
Que les êtres partout ayent la paix entre eux !
Le superbe tableau que l'Univivers heureux !
Tout monarque obéit aux lois du diadême,
Et le sujet soumis est le Roi de lui-même.

A l'abri du désir,
Je vis dans l'innocence,

Grâce à mon ignorance.

On file le plaisir,

Si long-tems qu'on espère.

Éloigne-toi mystère :

Tu le ferais mourir.

Qui voudrait te comprendre,

Désirerait se rendre.

Dis-moi pourtant, amour,

Aurai-je un peu mon tour? —

Si c'est pour toi grand-chose,

Rien n'est encor perdu :

Tout bouton devient rose,

Et puis.... c'est entendu.

J'agissais en criant, et sans jamais me taire,

Aussi me nommait-on l'animal paresseux.

Tel est qui toujours dit qu'il a beaucoup à faire :

Qui se plaint du travail ne l'aime pas des mieux.

Mais aujourd'hui c'est autre chose :

Je danse, je suis gai; la paix en est la cause.

Je chante, même parle, et ne me connais plus.

Aussi chacun me voit sans en être confus.

Où tout doit se mouvoir, est nul qui se repose.

Humains, mes égaux, mes amis,

A jamais restons tous unis;

Répandons sur la vie

Les douceurs de la paix.

Que chacun sur soi se replie :

Les à-peu-près

Sont nos parfaits. (1)

Quoiqu'en affiche la bigote,

L'eau la plus pure a de l'azote.

Soyons indulgens pour autrui ;

Autant nous en viendra de lui.

On est souvent de soi trop lestement l'apôtre ;

Supportons chaque culte, et chérissons le nôtre.

Qui se modère et fait tout de son mieux,

Dès ici-bas jouit de la joie des Cieux.

Qu'on passe doucement la vie

Quand la raison à nos goûts est unie !

Qui sait si de la-haut nous n'entendrons pas tous

Ce qu'ici l'on dira de nous?

Faisons qu'on lise au bas de notre buste :

Il fut sobre, il fut probe, il fut bon, il fut juste.

Quoique des Vers nés au fond des tombeaux,

Notre pays pourtant nous semble des plus beaux.

C'est qu'on respecte en sa patrie

Le premier vase de la vie.

---

(1) Pindarise donc moins, doct. Duplan.

Que singulier est notre sort!

Nous devons le jour à la mort!

Notre père est notre pâture,

Sans que nature

Nous donne tort;

Et, chose sûre,

Prince Estomac

Ne s'en plaint pas :

Nous gardons la mesure.

Aussi, comme étant des plus gais,

Chantons, causons, dansons, en l'honneur de la paix,

Et soyons généreux : nous te devons tout, Parque ;

Mais fais que tes ciseaux respectent tout Monarque

Qui sait rendre heureux ses sujets.

Comme règnes de la nature,

Tous quatre à l'unisson,

Entonnons la chanson

En mesure.

Que ce jour de célébrité

Tous les ans nous soit répété!

Plus de combat ni foudre,

Et qu'on ne fasse plus de poudre,

Désormais,

Que pour la fête de la paix!

Généreuse en tant que Nature,

Pour prix de mes précieux dons,

Je ne veux pour ma nourriture

Que ce qu'improprement on nomme pourriture

Ou des sécrétions,

Qui sont, à dire vrai, des transmutations

D'où doivent émaner les germes de la vie.

N'est-ce pas,

Estomac?

— C'est juste, et je m'en glorifie;

Tout est fixé, tout sert à ma chymie.

Où tout est mesuré, l'ordre bien entendu,

Prescrit que rien ne soit perdu.

Comme œillet, je suis roi; rose, sois toujours reine :

Partageons nos plaisirs, allégeons notre peine;

Célébrons dignement la fête de la paix :

Rendons heureux tous nos sujets.

S'ils sont contens, nous le serons de même.

Si par fois du brouillard

Nous avons notre part,

Le soleil vient et tout s'oublie,

Sans recourir à l'Italie,

Ainsi qu'on en use ici près

Dans le procès

De la croûte contre la mie.

Sans aller à l'affut d'obscures vérités,

Respectons-nous ; nous serons respectés.
Ce jour est le plus beau : on ne hait plus personne.
Tout l'Univers est gai ; tout l'Univers pardonne.

Odore ou non,
Que chaque fleur soit révérée :
Elles sont toutes d'un Dieu bon,
L'ortie comme la pensée.
Rien sous le Ciel n'est tout mauvais.
Que tout jouisse et vive en paix !

La Création toute entière
Éprouve des biens et des maux :
Tout y sent donc à sa manière,
Plante, animal, et nous aussi, métaux.
L'enclume nous doit sa naissance,
Et le Dieu Mars son bouclier.
De nous vient cet anneau forgé pour allier
Le doux plaisir à l'espérance.
Nous avons la parole aussi,
Grâce à cette heureuse journée,
Et Philomèle est enchantée
Que nous lui donnions le défi.
C'est toujours bon de prendre patience ;
Après le pire un mieux s'avance.
De la guirlande du bonheur,
L'espoir est la première fleur.

Trop souvent un être se lasse,

Quand tout allait changer de face.

Bénissons Dieu de nos succès,

Et de les combler par la paix.

Toi qui veux qu'on t'admire,

Aigle, tu n'es qu'usurpateur

Du plus léger, mais du plus vaste Empire,

Où l'Univers se complait et respire.

Entoure-toi de la vapeur

Que ton œil vain prétend détruire.

Je suis Condore, et sois mon serviteur.

A personne je ne le cède,

Pas même à ce Daniel d'ont l'*i* se change en *z*.

Que dis-je? Unissons-nous; partout règne la paix :

Le bon prince Estomac aime tous ses sujets.

Honorons avec lui la fête qu'il nous donne.

De l'homme il se plaignait; puisqu'il change, il pardonne.

Il veut comme Louis,

N'avoir que des amis.

Ce bon Monarque, en père franc et tendre,

Est si juste en voulant, qu'on aime à lui céder :

Où l'on obéit sans dépendre,

On gouverne sans commander.

J'aime à me faire entendre,

Car je suis la gaîté,

L'hiver comme l'été.

Jouer avec sa chaîne,

Affranchit de la Gêne.

Quand on sait endurer

Sans murmurer,

Alors on danse

Avec la dépendance.

Rions donc un moment

D'un petit accident :

Colette avait une corbeille

Fort du goût de Colin.

Ravi de la merveille

Il tenta d'y porter la main;

Mais la bergère avec vîtesse

Recule de dépit,

Et son pied prenant à la herse. ...

Voilà Colette à la renverse!

Devinez ce qu'on vit? —

Ce qui se voit en Perse.

Nous passons pour âgés, sans être toujours vieux,

Et pour le moins nous restons curieux.

Pour égayer, même en Europe,

Cette grave uniformité

Dont l'himen s'enveloppe,

Les maris de chaque cité

Ne feraient-ils pas bien, mais le voile excepté,

De glisser leur épouse en un caléidoscope?

Que ne verraient-ils pas! Quelle variété!....

Sans blesser la fidélité.

En attendant, chacun de nous regrette

Qu'on ne puisse y couler cette superbe fête

A perpétuité.

L'œil ne refuse, ni ne donne;

Il laisse, il a tout ce qui s'offre à lui :

Il peut ravir le bien d'autrui,

Sans rien dérober à personne.

C'est un miroir plein de raison,

Qui, lorsqu'on lui cache une étoile,

Envoye le soupçon

En soulever le voile.

Par la grâce du Ciel, et de cet heureux jour

D'union et d'amour,

Quelle gloire pour moi de me voir Philomèle!

Mon chant est adopté pour langue universelle! (1)

J'entends, je suis compris

De tout ce qui respire,

Comme de mes petits.

Où tous les règnes sont unis,

____

(1) Que c'est beau! dira *Rossini*.

Tout l'Univers n'est qu'un Empire
Sous son sublime auteur :
Sans fin sera donc le bonheur
Que l'honnête désire.
Qu'ainsi tout se prosterne en la création,
Pour recevoir sa bénédiction.

Les Règnes à la fois font une révérence. (1)
Rendons grâce à la providence,
Dit alors tout ravi le monarque Estomac....
Le plaisir.... est au guet.... simple était le repas....
Amour! vole en suivant ses pas....
Sublime issue!
La nature.... se perpétue.

FIN DU TROISIÈME CHANT.

----

(1) Quel accord! Qui l'a jamais vu?

CHANT QUATRIÈME.

Aн ! quelle joie d'être, et d'être en tous les lieux,
Lorsqu'un vaste Univers est tout rempli d'heureux !
    Pour savourer ce tout de jouissance,
    Il ne faut moins d'une toute-puissance :
Pour moi, comme Estomac, c'est le nectar des Dieux.
    Les législations sont mûres;
Le siècle est éclairé : les mœurs deviennent pures.
Au rappel de la paix, ces biens se sont formés :
Princes mes alliés, nous serons tous aimés.
On est sobre, on est probe, on est la santé même;
On travaille, l'on prie, et c'est le bien suprême.
Bonne digestion rend les esprits sereins;
Les tributs sans retard couleront dans nos mains,
Pour mieux se reverser vers la source commune :
C'est à bien dispenser qu'un prince fait fortune.
C'est à donner qu'on sent qu'on a vraiment du bien.
On a le cœur si gai qu'on est content d'un rien.

Cérès, pour ses trésors, ne veut pas une maille : (1)

Pour une autre moisson, dit-elle, un peu de paille!

Provenant même encor de ses dons précieux.

Ainsi le soleil brille en répandant ses feux.

Nos ministres zélés n'ont plus l'humeur morose;

Ils pèsent toute chose;

Ils consultent nos vœux :

Ils savent nous aider à faire des heureux.

Chacun de nos sujets aisément nous supplie :

Il n'est plus de bureau manie;

La corbeille n'est plus remplie

De pleurs

Ni de malheurs,

Des mains de l'apathie.

Où l'on mène une douce vie,

On ne veut point passer ailleurs :

C'est le sentiment des malheurs,

Qui dégoûte de la patrie.

Non, on n'éloigne plus le mérite et l'esprit

Pour se donner le droit de le voir en petit.

On perdit pour jamais cette sombre ineptie,

De vouloir entraver la marche du génie :

Il perce malgré tout, ce rare don des Dieux,

Né pour l'honneur des Rois, des Mondes et des Cieux.

---

(1) Le poëte espère davantage.

Chaque peuple aujourd'hui bénit sa dynastie,

La sert, se sert, ainsi que la patrie ;

Dans le bonheur de tous, il met tout son bonheur :

Voilà le véritable honneur.

C'est ainsi que la vie,

Quand tout s'aime et se lie,

Est pour l'être sensible, autant que généreux,

Un réel avant-goût du sort des bienheureux.

Chut!... tout jouit.... le bien se recommence....

Le sublime silence!...

Je ne m'en défends pas ;

Il faut que je dise tout-bas :

Voir tendre au doux plaisir autant de doubles causes,

C'est la félicité du grand Auteur des choses.

En ce moment, j'éprouve comme lui,

Que le plus beau spectacle est le bonheur d'autrui.

C'est ainsi qu'il se multiplie,

Pour qui sut lui donner la vie.

Qu'il m'est doux à présent de transmuer en paix

Des biens que l'éternel a si bien dispensés!

Tout.... jusqu'à l'homme, se modère.

La santé, le bonheur, partent de mes creusets;

Je suis content : tout l'Univers prospère,

Et pour jamais.

O temps! associé du sage,

Un si grand œuvre est aussi ton ouvrage;

Avec toi, l'éternel a donné l'être à tout :
Rien ne peut t'empêcher d'être avec lui partout....
Arrête, dit le Temps; c'est assez d'un Empire,
Prince Estomac : suis l'ordre, ignore, admire.
L'excès, tu sais, peut dépraver le goût.
Contente-toi : tout est tout pour le tout...,
Tout–à–coup dans les airs on entend : clic-clac.... gare !
Prr ! prr !... à boire ! une cigarre !....
Estomac dit : paix là ! tout jouit en repos....
Au cri d'arrêt pour les chevaux,
C'est un Suisse-Allemand, je gage....
Juste, dit une voix.... Excusez mon tapage....
Je viens, sire Estomac, me rendre à mon devoir.
Un peu plus tôt j'aurais bien dû vous voir;
Mais dans une contrée antique,
Appelée Helvétique,
On me tenait captif à faire des biscuits.
C'est Or et Compagnie.... Écho nous a transmis
Les doux accords de la plus belle fête....
Tous nos geoliers en ont perdu la tête....
Et nous voilà devant tous nos amis.
Estomac répartit : mais c'est une merveille.
Mes ministres, à l'Or offrez une bouteille.
Vous venez, n'est-ce pas,
Pour payer grassement l'universel repas ?
Bien sûr. Quand nous dormons, mal va pour la finance :

C'est lorsque nous roulons que renaît l'abondance.

Mercure, en nous aimant, vise à nous décrier;

Il nous confond par son papier,

Tout en croyant tripler notre puissance.

Ses magasins sont pleins; mais faute de débit;

Il ne saurait payer : adieu donc le crédit.

Sans commerce il n'est rien : le diamant, la fange,

Tout l'Univers ne respire qu'échange.

Ce qu'enferme son sein, instable et permanent,

Circule, se transforme, abhorre le néant.

Souvent en respirant le parfum d'une rose,

D'un ami disparu nous sentons quelque chose.

Les grains sont nés et donnent des moissons.

BERRY doit se revoir dans un fils des *Bourbons*. (1)

L'astre du jour, de ses rayons commerce :

Il brille en les offrant à qui les lui reverse.

En les reproduisant, il échange ses feux;

Il reçoit en donnant; il est et rend heureux.

S'il manque en un endroit, de ses fonds en lumière,

Il débite les Cieux, et crédite la Terre;

Il ne connaît pas les protêts :

Le juste fut toujours ennemi des procès.

Au vrai, dans le commerce, on ne vend ni n'achète :

On échange en tout lieu, même encor lorsqu'on prête.

---

(1) Ce vers fut fait à Hambourg, le 2 octobre 1820, et la nouvelle
de la naissance du Duc de Bordeaux n'arriva que le 4.

6.

Quiconque emprunte, en vérité,

Hypothèque sa probité,

Bien, honneur et puissance.

Même donner,

C'est échanger

Contre de la reconnaissance.

Gratis est un vain mot où tout doit se payer,

Par raison harmonique,

A prix moral ou prix physique.

Rien ne se fait sans calculer,

Vous dit si bien l'étoile magnifique :

(Même, peut-être, autour de l'Univers,)

Rien ne se meut au Ciel ni sur la Terre,

Sans à la fois ajouter et soustraire.

On compte, mais envain, jusque dans les enfers.

C'est ainsi que tout se balance,

Que l'ordre règne avec constance.

Négociant, remplis-tu bien ce vœu?

Quand tu satisfais tard, tu payes, mais trop peu.

Le commerce est un œuf fait pour éclorre à terme;

A trop peser dessus, on l'offense en son germe.

Hommes, soyez prudens, non trop intéressés :

L'avide nous avait chassés,

La bonne-foi maintenant nous rappelle.

Sans elle, nous, crédit, le commerce chancelle.

Ne vous trompez-vous pas :

Du nord le nouvel astre,

En prétendant de vos états,

Faire une école de Lancastre?

Encouragez, au lieu, les arts avec mesure.

Utilisez les bois et les métaux

Que vous prodigue la nature;

Construisez, vendez des vaisseaux,

Et d'Albion imitez les rivaux....

Le noble alors pour vous s'unit à la roture.

Du luxe ne craignez, Monarque, que l'excès:

Il a, mais comme tout, ses maux et ses bienfaits.

Laissez s'unir au nord, par les ports de Gascogne,

Les rayons du midi que transmet le Bourgogne.

Qui nous croit tout, a tort;

Il nous tue s'il nous entasse.

Si la voiture casse,

A quoi sert le ressort?

On fait taire

Avec l'or et l'argent,

Pour l'instant

Un vulgaire

Qui se vend

Au plus offrant;

Mais ce dur téméraire,

Peut-on le satisfaire?

Est-il jamais content?

Agit plus sûrement

Qui donne à faire

A l'indigent.

Qui se voit nécessaire

N'est jamais remuant.

Qui travaille est puissant :

Il est chez lui le Ministère,

Le Roi, le Parlement.

Qu'il serait beau

De voir encor vertu, richesse

Aller de niveau !

Mais qu'une hausse, l'autre baisse.

Ne viendra-t-il un tems nouveau ?

Prince Estomac l'a dit au Dieu de la lumière :

De toutes les valeurs, le tems est la première ;

Il met un prix à tout, à tout il met son sceau,

N'importe la matière.

Aujourd'hui sera hier, ayant été demain :

Voilà de tout, le cours juste et certain....

Nous allons donc répandre la nouvelle,

De votre part, sire Estomac,

Qu'en monnaie réelle

Nous payerons l'universel repas,

En recommandant bien que chacun se rappelle,

Et dans tous les états,

Que pour être bon économe,

On doit toujours se souvenir

Qu'il est plus difficile à l'homme

De conserver que d'acquérir ;

Tant tout se meut, circule, et veut se répartir.

Que sache aussi certain millionaire,

Qui ne veut pas aider son frère,

Qu'un jour il peut encor

Se voir sans honneur et sans or.

Prince Estomac dit alors en lui-même :

Que d'êtres, que de gens

Vont se trouver contens,

Depuis le ver jusques au rang suprême!

Sains, comme modérés,

Qu'heureux seront tous mes sujets!

Mais qu'est-ce que bien faire?

C'est penser à propos

A faire un livre ou du feu sous les pots.

L'abeille qui trop tard vole à la picorée,

Fait tout mal à propos le long de la journée.

Nulle part il n'est un milieu

Entre mal faire et faire en tems et lieu.

Envain d'une rare vitesse

On dérobe à la nuit un moment de faux jour,

Pour réparer sa maladresse :

Le tems passé l'est sans retour.

Le cuisinier qui prétend que l'on dîne

Avec ce qu'on voulait le soir,

Peut dire en se couchant : j'ai donc fait ma cuisine :

Mais non pas, j'ai fait mon devoir.

Par exemple, Or et Compagnie

Sont arrivés très-à-propos

Pour payer les écots,

La fête allant être finie.

Dira-t-on, c'est hasard, un borgne sans pitié

Qu'on fit dispensateur des choses ?

Peut-on ainsi nommer un vrai concours de causes

Où souvent le mortel n'est pas initié !

Même qui donne tard ne donne qu'à moitié.

Tirer au sort, guidé par l'espérance,

C'est invoquer la providence.

Mais tout apprend qu'il ne faut trop chercher

A donner de l'esprit aux bêtes :

Pour tout bien ordonner

Il faut tant de diverses têtes !

Sans ce qui semble aller à contre-sens,

Ou traverser la gloire :

Que de pages en blanc

Présenterait l'histoire !,...

Les hôtes sont payés ! crièrent au moment

Or et Compagnie accourant....

Voyez, prince Estomac, ces joies et ces rondes.

Être content, c'est l'ordre et l'élément des mondes.

Tout venait de goûter le plaisir le plus pur,

Et désirait solder pour le rendre plus sûr.

Comme à présent roule le numéraire!

Et qu'aussi je me plais à me voir nécessaire!

On ne trouvera plus, désormais, le tems dur:

Le commerce va se remettre;

On va partout tirer, signer, payer, commettre,

Et chaque nation

Même albion,

Verra que l'ordre est le plus juste maître.

Comme dans ses travaux on va se signaler!

Ne dit-on pas déjà que beaucoup sont à faire

Des machines à spéculer

Tant en mer que sur terre,

Et que par ce moyen qui va par la vapeur,

On n'est ni trompé ni trompeur?

Qu'on crée, on a raison, sans craindre un sot qui berne

Un nouvel *Archytas* qu'il ne sait imiter.

Qu'il compare; il pourra tout autant mériter.

Manque de passans, la lanterne

Ne se lasse pas d'éclairer.

Que de chutes, sans elle, en quittant la taverne!

Tout sage observateur le sait :

L'homme peut infiniment faire ,

Surtout si l'esprit juste y met

Le tems, l'effort, le ton, les formes, la manière,

Les quantités et la matière.

Rien n'est envain, tout sert dans ce vaste Univers :
Le printems, les étés, l'automne, les hivers ;
La foudre épouvantable autant que l'harmonie ;
Et la guerre et la paix, et la mort et la vie ;
L'ouragan, les zéphirs, la lumière et la nuit ;
Et la haîne et l'amour, le plaisir, le dépit ;
L'ingratitude et la reconnaissance ;
   Et la fortune et les revers ;
   L'abandon comme l'espérance ;
    Les vertus, les travers ;
    Le voile et.... son absence ;
Le pauvre et le savant, le riche et l'ignorance ;
 La liberté.... le dirai-je?... les fers.
On ne finirait pas.... et jusques à l'atôme,
L'art sait tout embrasser pour le bonheur de l'homme.
Mais pour mettre à profit tous ces objets divers,
De leur mélange heureux découvrir les concerts,
Pour rendre la nature, il faut surtout qu'on l'aime.
 Et tout entier s'y comprendre soi-même ;
Se garder de l'erreur, nuit et jour comparer ;
Creuser, chercher le vrai, d'un zèle infatigable ;
Distinguer le certain du faux, du vraisemblable ;
Observer, mesurer, analiser, compter ;
Avoir l'œil pénétrant, et savoir s'arrêter ;
Sonder tous les appuis ; élever la puissance

Au point d'en imposer à toute résistance ;
N'être étranger à rien, attirer, répulser....
Aller à travers tout, de l'effet à la cause.
S'il s'en trouve plusieurs , là l'esprit se repose ;
Là s'apperçoit souvent l'objet que l'on poursuit ;
C'est en simplifiant qu'on saisit mieux la chose ,
Et que de ses travaux on recueille le fruit....
      Ou qu'on ne trouve qu'une rose.
        C'est raisonner beaucoup,
          Direz-vous, sire.
        C'est que, dit la satire,
        Quiconque est riche est tout.
   Un être instruit, en supportant ses peines ,
Sent au moins la pitié circuler dans ses veines ;
     Mais chez l'ignorant, le malheur
     Glace les sentimens du cœur.
Estomac répartit : mais, Or et Compagnie,
      Vraiment vous me charmez,
      Et même m'étonnez !
Je ne vous savais pas un si profond génie.
     Puisque vous comblez tant de vœux,
Vous êtes plus , vous montrant généreux
     Avecque tant de modestie.
On avait tant souffert ! on est plus fortuné :
C'est du mal expirant, que le bien-être est né.
Le terme des douleurs glisse l'espoir dans l'ame :

On se sent arriver au dénouement du drame.

Un mal passé, laisse à peine son nom. ...

Qui n'a jamais souffert, ne saurait-être bon.

Rendons grâces à Dieu, règnes de la nature ;

Il nous donna la paix, et tout ce qui l'assure....

Nous voilà comblé de bienfaits....

Et les humains.... sont-ils tous satisfaits?...

J'en aimerais l'augure...,

Mais l'homme désire en naissant ;

Il obtient, et désire encore.

Ainsi se passe son aurore,

Son midi, comme son couchant.

Qu'aurait-il donc encore envie ?

Reprennent Or et Compagnie.

Je crois, dit Estomac, à le bien pressentir,

Qu'il lui manque un très-grand plaisir....

Il me semble inquiet de la dette publique....

Voici comme il s'explique :

Faute de drap de même espèce,

Un vieux habit cousu sans cesse,

Devint trop étroit sans retour :

C'est le compte rendu des finances du jour,

Excepté chez celui qui s'estime, qui s'aime,

Se voyant un beau sol, et l'activité même.

C'est vrai : des milliards en papier,

Pèsent sur l'industrie,

Sans rien représenter.

Qu'en pensez-vous, bon Or et Compagnie? —

Les contrats vont hausser : je suis si dispersé....

Je voudrais comme vous, voir tout réalisé ;

Mais qu'il faudrait de numéraire

Pour racheter ce bien imaginaire! —

Pourtant,

Si l'homme est mécontent

Tout peut encor troubler l'œuvre de ma chymie,

Aux dépens du repos, et même de la vie. —

Une guerre si longue effraya le crédit,

Au point que tout moyen devient presque interdit.

Pour trouver une garantie,

Il faudrait repousser les mers,

Ou voler dans les airs,

Pour doubler la superficie

De ce vaste Univers....

Il me vient une chose

Qui pourrait attaquer tout le mal dans sa cause :

Un état est tel qu'un vaisseau,

Propre à la paix comme à la guerre,

Qui veut du lest, et de manière

Qu'il domine à moitié sur l'eau.

A ne rien emprunter, une maison prospère ;

Mais un état veut un juste fardeau

Qui serve un homme de finance,

Ne voulant plus courir de chance.

On pourrait donc se dispenser

N'est-ce pas, de tout rembourser ? —

Mais ce n'est là, chers Or et Compagnie,

Qu'un assez bon virement de partie.

La position veut qu'on devienne en état,

Sans laine, de faire du drap. —

Je sais rouler, comme Or, mais ne suis point capable

De créer mon semblable.

C'est pourtant ce qu'il vous faudrait. —

Ce ne serait pas mal-adroit.

Je ne puis.... et je veux ! voilà ce qui m'accable !

La volonté,

Du bonnet jusqu'au diadême,

De l'ame à la stabilité :

Le tems la laisse en son intégrité.

Serait-ce l'ombre d'elle-même?

C'est comme de la vérité :

Elle n'est pas non plus sujette à l'âge.

Aussi *Thalès* fit-il du Temps un sage....

O Temps!... ô toi qui m'as souvent aidé....

Que dis-je? en chaque procédé.... —

T'en rapportant à moi.... c'est d'un heureux présage.

Qui peut douter de mes pouvoirs divers?

Le Tout-Puissant et moi, avons fait l'Univers.

Sire Estomac.... j'ai ton affaire....

Se pourrait-il ! dit le prince soudain. —

Tu le sais bien : aux Cieux et sur la Terre,

Je prête à tout la main.

Voit-on, sans moi, qu'un mouvement se fasse ?

L'un dit : ah qu'il est lent ! D'autres : que vîte il passe !

Je vais pourtant toujours le même train ,

Et ce depuis.... le Créateur divin.

N'aidai-je pas moi-même à cette paperasse ?

Il faut la rembourser ; il y va de l'honneur :

On en a touché la valeur.

Noter un cours vacillant et trop mince.

C'est constater la faillite du prince.

L'honnête receveur, fait l'honnête payeur.

Un emprunt prend ; payer rend la puissance.

Qu'en dis-tu, l'Or ? — C'est s'entendre en finance.

J'ai fait ce que j'ai pu : le change le fait voir.

Mais toi, toi qui sais tout , déploye ton pouvoir ;

Transforme en moi la valeur nominale :

Bientôt disparaîtra cette vaine rivale. —

Tu sais donc deviner ? voilà ce que je veux :

De l'homme et d'Estomac, j'avais prévu les vœux....

De la plus haute pyramide

Élevant vers les Cieux

Son front audacieux,

Et qu'Égypte croit si solide,

Qu'un morceau tombe ! à bas !...

Que dites-vous, premier des Potentats,

De ce torrent d'or, d'argent, de médailles,

Qui roule à grands flots des tombeaux?

De tant de Rois vous voyez les métaux

Survivre à leurs entrailles.

Hommes, que leur repos

Mette fin à vos maux.

Qu'en un moment ce trésor se disperse :

Que jusqu'aux Souverains il perce.

Qu'on en acquitte un accablant papier,

Sauf ce qu'en veut le repos du rentier.

Que le surplus partout, des flammes soit la proie,

Et fasse un feu de joie

Pour couronner la fête de la Paix.

Estomac stupéfait, dit : ô Temps! quels bienfaits!

Princes mes alliés, vous suffit-il d'une ame?...

Règnes de la nature, admirez cette flamme

Éclairant tout d'un jet,

Et la première fois, par son ardent réflet,

Du globe la surface entière;

Ce que n'a fait, ne peut l'auteur de la lumière.

Dieu, tems, travail, paix du cœur, doux espoir,

Ah! que vous avez de pouvoir!

Êtres créés, le Ciel, en sa bonté féconde,

Fit le bonheur.... pour tout le monde.

Princes, sujets, enfans, époux,

Ne cherchons plus : il est en nous.

Soyons sobres, actifs, fervens, unis et probes,

Dans la félicité tremperont tous les globes.

L'ami sensé du bien, agit en tems et lieu,

Et garde en tout un vrai milieu.

A la vertu constante appartient la victoire :

En allant au combat elle marche à la gloire.

Le bien, c'est ni trop, ni trop peu :

Tout garde la santé, si tout remplit ce vœu.

Reprenons nos travaux; recommençons la vie :

Aimons nos chefs et la patrie.

Que dans tout l'Univers

Ce qui sent, se meut et respire,

A l'unisson chante ces vers,

En formant des vœux pour l'Empire :

Un sage emploi du tems est le plus saint devoir;

Qui ne sait le remplir affaiblit son pouvoir.

Notre lot, c'est la vigilance;

Elle seule apprète à jouir

Soumettre est de sa compétence,

Car travailler c'est obéir.

Le plus grand indocile arrivé sur la terre,

Ce fut le premier homme : il n'avait rien à faire.

Aussi se laissa-t-il tenter,

Et du fruit défendu, Monsieur courut tâter.

La honte eut beau supplier la feuillée,

On se ressent encor de sa belle équipée.

Le paresseux sait le plus mal compter.

Nous rendrons l'homme actif, surtout si nous le sommes.

Le vertueux fait aimer les vertus.

En tous pays les plus grands hommes

Sont ceux qui travaillent le plus,

Et qui le plus en font naître l'envie.

Travailler c'est peindre la vie.

Pour moi, de mes palais, jettant partout les yeux

Je ne vois que santé : l'Univers est heureux.

FIN.

www.ingramcontent.com/pod-product-compliance
Ingram Content Group UK Ltd.
Pitfield, Milton Keynes, MK11 3LW, UK
UKHW020926120726
13693UKWH00003B/1151